松鼠遇見花栗鼠

Squirrel
Seeks
Chipmunk
A Modest Bestiary

Ian Falconer

David Sedaris

大衛‧塞德里 ——著　　伊恩‧福克納——圖

鄭嘉珉　譯

獻給我的妹妹葛麗真

本書中的人物與事件皆為虛構。
若有類似人物，無論生者死者，純屬巧合，
非作者本意。

目錄

貓與狒狒 —— 3

遷徙的黃鶯 —— 9

小松鼠與花栗鼠 —— 15

蟾蜍、海龜與鴨子 —— 22

沒有媽媽的熊 —— 29

小老鼠與蛇 —— 41

養育孩子的鸛 —— 51

忠誠的賽特獵犬 —— 60

烏鴉與小羊 —— 75

生病的老鼠與健康的老鼠 —— 85

母牛與火雞 —— 92

兔子的警戒心 —— 101

精明的母雞 —— 109

鸚鵡與大肚豬 —— 119

你好！貓咪 —— 130

悲傷的貓頭鷹 —— 141

貓與狒狒

小貓要去參加一個聚會，於是去找狒狒幫她梳妝。

「是什麼樣的派對？」狒狒問，她像對所有的客人一樣，一邊按摩著小貓的脖子，讓她放鬆。「希望不是在河岸邊的收穫節舞會。我妹妹去年去了，她說她從來沒看過這樣鬧成一團的舞會。她說有兩隻負鼠打了起來，一個女的──其中一隻的老婆，被推到一根樹樁上，撞掉了四顆牙齒。而且他們是漂亮的負鼠，不是你到處看得到的那種黃顏色吃垃圾的老鼠。」

小貓聳聳肩說：「不是，這只是幾個朋友的小聚會。那一類的事。」

「有吃的東西嗎？」狒狒問。

「總會有些吧！不知道是什麼。」小貓嘆口氣。

「真是不容易。」狒狒說。「每個人吃的東西都不一樣。有人喜歡吃葉子，有人連看一眼都受不了。現代的人變得好挑食。我就只是擺些花生米出來，隨便他們吃不吃。」

「我可不喜歡花生米。一點也不喜歡。」小貓說。

「那，我猜妳就只能喝一點東西了。訣竅是要知道適可而止。」

「那方面我從來沒有問題。」小貓自誇地說。「我喝到飽為止，然後我就離桌。總是這樣。」

「那妳滿有頭腦的。不像這裡的某些人。」狒狒從小貓的頭上抓起一隻跳蚤，小心地把它塞在牙齒間。「就拿我去參加的這場婚禮來說，好像是上個禮拜六。有兩隻沼澤兔結婚，妳大概聽過。」

小貓點點頭。

「妳看，我是喜歡教堂的結婚儀式，但是儀式中自擬結婚

誓言的那種玩意兒，讓人很受不了。他們倆一輩子也沒握過一枝筆，可是忽然之間就變成了詩人！是啊，好像就只需要在談戀愛，人就變得文謅謅了！」

「我老公跟我也是自己寫的結婚誓言。」小貓防衛地說。

狒狒說：「妳當然是啊，可是妳大概有話可說，不像這兩隻沼澤兔，說什麼他們的愛情好像一棵樹苗或什麼鬼東西的。而且從頭到尾都有一隻松鼠站在旁邊，撥一個好像是豎琴的東西。」

「我的婚禮也有一個彈豎琴的，好動人喔。」小貓說。

「我敢說一定是，可是妳大概請了一位專業的樂師，真的會彈。這隻松鼠，我不相信她這輩子有上過一堂課。她只是用爪子耙弦，好像對它們生氣似的。」

「嗯，我相信她一定盡力了。」小貓說。

狒狒點點頭，微笑著，像個服務業的人該有的樣子。她本來打算講一個關於喝醉酒的沼澤兔的故事，他是上禮拜那個婚禮新郎的弟弟，但是現在講也沒啥意思了，至少不是跟這個

客人講。不管她說什麼，小貓都跟她唱反調，除非她找到一點共通之處，否則今天可沒小費了。於是，她一邊清除小貓脖子上的一片結痂，一邊說：「妳知道，我恨透小狗了。簡直受不了他們。」

「妳怎麼會扯到那個？」小貓問。

狒狒說：「只是剛好想到。昨天有某種長耳長毛的混種狗走進來，想要洗髮，我把他趕出去了，我說：『我不在乎你有多少錢，我才不要跟一個舔自己屁股的人說話。』」她一說完，就知道自己犯了錯。

小貓抗議說：「那有什麼不對？把屁股弄乾淨是好事。我一天至少舔自己五次。」

狒狒說：「我很敬佩妳那麼做。可是妳不是一隻狗。」

「意思是？」

狒狒說：「對貓來說是……高雅。有一種優美，可是一隻狗，妳知道他們蹲下的樣子，腿叉開得那麼遠。」

「嗯，也對，我想妳有一點道理。」小貓說。

「然後他們口水流得到處都是，他們不弄溼的東西，他們就咬成碎片。」

「他們是這樣。」小貓咯咯笑了起來，狒狒鬆了一口氣，她腸枯思竭地想找出一個讓狗出糗的故事。

柯利牧羊犬、德國牧羊犬、她說她趕走的長耳長毛混種犬：他們都是她的好朋友，也是忠實的客戶，但是假裝不是又妨害到誰了？舔屁股跟親屁股不也是一線之隔嗎？

黃鶯 遷徙的

　　黃鶯常常說，她在到達布朗斯維爾[＊]（Brownsville）以前都是好好的。「然後——砰！我不知道是空氣還是什麼，每次遷徙時一經過它，我就必須停下來，吐得腸子都要嘔出來了。」她這樣告訴她的朋友們。

　　「她是會那樣。」她老公咯咯笑著說。

　　「我需要的只是一、兩個小時的休息，但不是很奇怪嗎？不是在奧米托（Olmito）或灣景（Bayview）或印第安湖（Indian Lake），而是布朗斯維爾。每次都是布朗斯維爾。」

　　聽她說話的鳥兒們會設法表示同情，或至少要表現得有興趣聽。她們會說：「嗯……」或是：「布朗斯維爾，我想我有個表親在那裡。」

　　這對夫妻會從德州的最南端點，飛越墨西哥，然後進入中美洲。「就我記憶所及，我的家人一直都是在瓜地馬拉過冬的。」黃鶯這樣解釋。「每一年，就像時鐘一樣，我們成千上萬地來──但是妳以為那些說西班牙話的鳥兒們會在乎學點英文嗎？絕對不會！」

　　「那真可怕。」她的老公會說。

　　「也很可笑呢。」他老婆會堅持說，「又可怕又好笑。就像有一次，我問一隻小瓜地馬拉鳥兒，用西班牙語說所有的大馬蠅在哪裡？」

　　這時她的聽眾們會歪著頭，又迷惑又相當佩服。「等一下，妳會說那種東西？」

　　「喔，我學了一點。」黃鶯會用她那種不假思索的樣子說。「我是說，真的，我還能有什麼辦法？我猜我是學得滿快的。至少別人是這樣對我說。」

　　「她在語言方面真是了不起。」她老公會誇耀，而他老婆則會抬起一隻翅膀來抗議：「哎呀，不是**每次**啦。好比最特別

的一次，我以為我問的是所有的大馬蠅在哪裡。一個合理的問題，只是我把『馬』說成了『頭』。所以我問的是『所有的大頭蠅在哪裡？』」

她的聽眾們以為故事說完了，便顫抖著發出禮貌的笑聲。「大頭蠅，喔，那有點太誇張了！」

「可是不對，等一下。」黃鶯會說。「於是這隻瓜地馬拉鳥兒對我示意，叫我跟著他穿過灌木叢，我就去了。在下午的太陽下，那片野地裡，差不多有三百個腐爛的頭。每個頭大概有五十隻蒼蠅在上面。蒼蠅很大隻的，像大黃蜂一樣大，每隻都是。」

「天哪，腐爛的頭，滿佈蒼蠅？」觀眾們說。

「喔，不是**鳥**的頭。」黃鶯向她們保證。「是屬於人類的，或者曾經是。皮肉冒著泡，毛髮糾纏，黏著碎屑。我不知道他們把肢體怎麼了，也許燒掉了。然後他們用頭顱做了一道牆。」

「其實，比較像一個櫃台。」她老公會說。

如果曾經有過那是一道牆，但是你能怎麼辦，叫每一個人

11

塞住耳朵，讓妳跟妳可笑的配偶互相爭吵半個小時？說他從來**沒看過**一個櫃台，除了在圖畫書裡。不，最好只是把他說的話當耳邊風。

「所以我們看到這道牆，或是櫃台，隨便啦，是用人頭做的，我想要說『這地方臭得像魔鬼』，但我卻說了……」說到這她輕蔑地哼笑著，把指揮權交給老公。

「她實際上對這瓜地馬拉鳥兒說的是，『魔鬼聞我的地方』各位女士、先生你們能相信嗎？」

聽眾們都大笑起來，而黃鶯夫婦很能享受把聽眾帶到所要之處的快感。這是每年花三個月待在一個落後國家的回報。當光線從某個角度灑下，當笑聲湧起，這一切譜成了一首和諧的歌，幾乎補償了所有遷徙過程的艱辛，好比腸胃炎。或是好比，當在另一個陌生國度中，你覺得你跟你的配偶沒有更加的緊密，反而更加疏離，覺得對方如此可鄙和感到孤獨。

回到他們熟悉的環境，兩隻黃鶯則像一台上了油的機器。老公會說：「你想要來點有趣的，得試試在那裡把工作完成。」

因而引出他們超爆笑的故事，關於懶惰的當地人，他們多麼笨拙，多麼落後和迷信。

接著就會引出這樣的問題：「幹嘛要去那兒呢？何不跟別人一樣在佛羅里達過冬？」黃鶯夫婦就會解釋，儘管那裡水準低，儘管有語言障礙和砍下的頭顱，可中美洲還是有它的美。

而且他們還會加一句：「就是便宜。便宜，便宜，便宜。」

＊位於美國德州最南端，為與墨西哥相鄰的城市。

花栗鼠 小松鼠與

　　小松鼠與花栗鼠已經約會了兩個禮拜，他們沒有話題可談了。橡實、攀附植物、秋天不可避免的來臨，這些題材他們在約會的第一個小時都已經談過了，他們喘著氣，滿臉發紅。他們已經長談了兩次有關狗的話題，各自表達了對狗全然的痛恨，並且推測著，一個必須每天兩次餵食**他們**的人，生活會是怎麼樣的。「結果是他們被寵得太過分了」，花栗鼠說。而小松鼠則把他的爪子放在她的腳爪上說：「一點也沒錯。最後，會有人**受罪**。」

朋友警告過他們，他們的戀情是不可能有結果的，而這種時刻讓他們相信，懷疑者不只是錯誤，而且是忌妒。「他們永遠不會享有我們所擁有的。」小松鼠說，然後他們兩個安靜地坐下，期盼有一場山洪爆發或槍擊案報告什麼的某件事，隨便的什麼事情，來引起一個話題。

有一天晚上，他們去了一家小酒館，是兩隻貓頭鷹開的，經過了一段冗長的沈默後，小松鼠用他的手掌拍了一下桌子。「妳知道我喜歡什麼嗎？」他說，「我喜歡爵士。」

「我不知道欸。天哪，爵士！」花栗鼠說。她根本不知道爵士是什麼，但是她怕提出問題會讓她聽起來很愚蠢。「是那一種呢？」她問，希望他的回答會把範圍縮小一點。

「嗯，所有的種類，真的。尤其是早期的東西。」他這麼告訴她。

「我也是。」她說。當他問她為什麼，她說因為後期的東西對她的品味太新潮了。「幾乎就像是過熟的東西，或什麼的。你知道我的意思嗎？」

不懂裝高深 就

情人間總是會有這樣狀況 害怕沒有話題 沒有共鳴 害怕對方看 青自己的無知 品味 不合 硬是要聊天

　　然後，從他們認識以來，這是第三次，小松鼠伸手越過桌子，握住了她的爪子。

　　那天晚上回家以後，花栗鼠把睡在同房間的姐姐叫醒，輕聲說：「姐姐，我需要妳給我解釋一件事。爵士是什麼？」

　　「為什麼問我？」姐姐問。

　　「所以妳也不知道？」花栗鼠問。

　　「我沒說我不知道。我是問妳為什麼問這個。這又跟那個小松鼠有關嗎？」姐姐說。

　　「也許吧。」花栗鼠說。

　　「哼，明天一早第一件事我就要去告狀，這件事已經搞得夠久了。」她拍打幾下她的苔蘚枕頭，重新擺好在頭下。「幾個禮拜以前我就警告過妳，這事搞不成的，現在妳把全家搞得雞飛狗跳。在半夜飄著華爾滋舞步回家，為妳的卑鄙小祕密把我吵醒。爵士，是喔。看媽知道了會把妳怎麼樣。」

花栗鼠那晚整夜都醒著，想像著第二天早晨就要發生的不愉快。萬一爵士是松鼠的俚語，指的是某種可怕的事，像是肛交，那可怎麼辦？「喔，我也喜歡欸。」她說了，還很熱切地！但是，它也可能只是稍微有一點可怕，像是共產主義或算命之類的什麼東西，只是談論的話題，幾乎從來沒實行過的。

當她正以為已經把自己平靜下來時，另一個新的可能性就會竄進她的腦海裡，一個比一個可怕。爵士是死屍身上長蛆的肉，發炎的眼睛上的殼，是宗教儀式裡自殺的別名。而她竟然說過喜歡它！

多年以後，當她能以正確的眼光看待每件事，她會明白她從來沒有真正信任過小松鼠，否則如何解釋所有那些可怕的可能性？如果他是一隻花栗鼠，即使是很厲害的一個，她都會假定爵士是一件熟悉的事情，例如，一種樹根，或者可能是一種髮型。

當然，她姐姐一點也沒幫上忙。家裡沒有一個幫了忙。「不是我對松鼠本身有什麼成見。只是這一隻，嗯，我不喜歡

他。」她媽媽說過。逼著問仔細時，她會提到他的指甲，以她的品味來看，是太長了。「是虛榮心的標記，準沒錯。現在又搞爵士這個玩意兒。」她警告說。

這就是事情的經過。失眠了一夜之後，花栗鼠的母親強迫她跟他分手了。

「唉，我猜就是這樣了。」小松鼠嘆了口氣。

「我猜也是。」花栗鼠說。

幾天後，他朝著河岸下游走去，她就再也沒看過他或接到他的消息了。

「不是什麼大損失。沒有一個女孩應該遭受到那樣的語言，尤其是來自像他那樣的人。」她姐姐說。

「阿門，但願如此。」她母親加了一句。

花栗鼠終於遇到另一個人，她穩當地結婚以後，她母親推測，也許爵士是一種藥，類似推拿的某種東西，不完全合法的。她姐姐說不對，是比較像快步舞，於是她把自己推離桌子，把

她胖胖的腿踢向空中。「妳呀，那是康康舞。」她母親說。於是她也加入，踢了起來。

這事給花栗鼠留下了深刻的印象，因為她從來不知道她母親會分辨任何一種舞步或者與好玩相關的事。而這也就是她自己的孩子最終對她的印象：無趣、嚴格、被過去捆綁。

她養過的男孩子，個個都健康，只有一個讓她操心不已。他習慣在錯誤的時間出現在錯誤的地方，可是他心地善良，花栗鼠知道他最終會走上正道。她丈夫也是這樣想的，直到死的時候也還相信他是對的。

丈夫過世後一、兩個月，她問這個兒子說爵士是什麼，當他告訴她是一種音樂時，她直覺地就知道他說的是真話。「是一種不好的音樂嗎？」她問。

「如果**彈得**不好的話。要不然，真的很令人愉快。」他說。

「是松鼠們發明的嗎？」

「天哪，不是。誰給妳那樣的想法？」他說。

花栗鼠抓抓她黃白毛色相間的鼻子說：「沒有人，我只是猜猜。」

當她的鼻子變得白色比黃色更多時，花栗鼠忘了她跟小松鼠曾經無話可談。她也忘了「爵士」的定義，只把它想成是每一件她沒能去欣賞的美好事物，像是溫暖的雨水的味道；嬰孩的香氣；河水漲起的喧囂，水流激越淹沒了樹，流向永恆。

蟾蜍、海龜與鴨子

　　一長串客訴隊伍從沼澤邊緣開始排起，然後向西延伸，結束在燒焦的松樹殘幹底部。也就是海龜所站之處。他排在一個目光呆滯的蟾蜍的後面，正要開始打一個好大好大的呵欠，卻有一隻鴨子出現了，站在他後面的位子，嘀咕地說：「一群笨蛋。」

海龜的嘴還張得大大的，點頭同意。

鴨子發牢騷說：「這是我第二次排在這隊伍了，你能相信嗎？起先他們告訴我，我不需要任何證件，然後，在我等了將近三小時之後，兇巴巴的河鼠說：『對不起，先生，如果你沒有某種證件的話，我也沒辦法。』」

「我說：『妳幹嘛不早點告訴我呢？』而她則堅持：『如果你不能表現出文明的樣子，恐怕我就要請你離開了。』」

海龜同情地哼了幾聲，因為他也碰到過類似的事。「這是書裡最古老的手法。**他們**搞砸了，卻搞成**你**才是問題所在。」他說。

「我跟她說：『妳要文明，試試看換個不害人跑來跑去的公司上班。妳不能抱怨我們的不滿，因為妳才是造成我們抱怨的原因。』」鴨子繼續說。

海龜說：「說得好。」他後來承認，他真的很佩服。「想不到鴨子，或任何鳥類，有這麼清晰的頭腦，真的，這隻鴨子完全是一針見血。」他那天晚上回家時要講給他老婆聽。

這時蟾蜍加入了談話。「你能不生氣嗎？我排到了隊伍的前面，給他們看證件，那時才告訴我，我需要**兩張**那樣的東西。你搞

24

得過他們嗎？我說：『我沒看到那個醜屁股的山貓給妳兩張。』而在櫃台後面，一條黑蛇卻說，這是針對爬蟲類的特別規定。」

「我說：『沒問題，我是兩棲動物。』而她回答說——我不騙妳——『沒差啦。』」

「我說：『不是他媽的沒差。首先，我只在水裡交配。第二，我生下來的皮膚，現在還有。所以，別塞給我什麼"沒差啦"的屁話。妳應該比別人懂得更多。』」

「然後她跟我說了河鼠告訴這隻鴨子的鬼話，什麼『對不起，先生，如果你要用那種語言……』」

海龜轉轉他的眼睛。「典型的回答。」

「我應該揍她一拳的，正中她的臉——砰。」蟾蜍說。

「我支持你，老兄。」鴨子說。

「喔，不是，我應該挖出她的眼睛的，把她變成瞎子，讓她後半輩子活在黑暗裡。」蟾蜍接著說。

海龜有一個瞎眼的表弟，他很痛恨的一個，所以這句話讓他笑得更大聲了。

「然後我應該把她的舌頭扯出來，看看她覺得怎麼樣。」蟾蜍說。

「她不能說話，就不容易給我們屁話了。」鴨子說。

蟾蜍又加一句：「在所有那些事以後，我應該在她身上放火。不，我應該在她身上倒強酸，然後放火，那個笨蛋女人。」

海龜開始想說些什麼，可是蟾蜍被一個新的想像挑動得興奮起來，就插嘴說：「等一下，不，在割掉她的舌頭以後，我應該把糞便抹在一個蘋果上，掰開她的肥大嘴巴，壓進她的喉嚨。**然後**，我才在她身上潑酸。然後，我才在她身上放火。」

他們三個都大笑了。

「還有更好的，你應該用一個哈蜜瓜，塗滿糞便，塞下她的喉嚨的。哈！」海龜說。

「或者不要用哈蜜瓜，你應該用一個西瓜。然後你──」鴨子說。

這時，愉快的氣氛忽然變僵了。「給黑蛇一個西瓜*，你這是種族歧視。」蟾蜍說。

「不，我的意思只是說——」鴨子說。

「我知道你的『意思』。我覺得很爛。」蟾蜍說。

「對啊！對啊！」海龜同意。

「哼，去你的，你們兩個。」鴨子說著，搖搖擺擺地走開了，低著頭喃喃自語。

「天哪，我討厭像他這樣的人。一個西瓜。如果她是一條巨蛇，他就不會那樣說，如果她是一條蟒蛇，他就絕對不會那樣說。」

這兩個望著離去的鴨子搖搖頭，一副厭惡的表情。一陣沈默，然後蟾蜍接著說：「我應該把香瓜塗上糞便——不，一個哈蜜瓜跟一個香瓜。我應該把兩個瓜塗上糞便，**然後**塞進她的喉嚨的。**然後**，我才在她身上潑酸，然後，我才在她身上放火。」

「嗯，還有下次機會。」海龜說。

＊西瓜在美國被視為對非裔美國人的歧視象徵。緣由有一說是在十九世紀末二十世紀初，報刊上出現黑人小孩一派天真吃西瓜的漫畫，以此嘲諷非裔美人頭腦簡單、四肢發達。這個象徵依然沿用至今。

沒有媽媽的熊

　　小熊媽媽死前的三個小時，從土裡挖出了一些橡實，那是幾個月前一隻松鼠埋下的。橡實又潮溼還讓蟲蛀過，像便便一樣讓人倒胃口，小熊媽媽為自己的霉運嘆了口氣，又把橡實踢回洞裡。十點左右，她停下來把一根有刺的草，從屁股的左邊拔出來，然後，她女兒說：「然後她就這樣……死了。」

　　頭十次她說這些話的時候，小熊難以相信，她的母親走了，怎麼可能！不過一天以後，震驚逐漸減弱了，她設法以技巧性的停頓和許多不熟練的戲劇性姿勢，來重現當時的情況。

29

　　出神的表情相當有效，她終於能夠掌握了。她會把眼睛凝視著遙遠的地平線說：「然後，然後她就這樣……死了。」

　　她痛哭了七次，但是一週一週地過去，越來越哭不出來，於是她就開始用爪子遮住她的臉，用肩膀做一些抽搐的動作。朋友們會說：「好了，好了。」而她會想像他們回到自己的家裡說：「我今天看到那隻沒有媽媽的小熊，哎，再沒有比她更叫人傷心的事了。」

　　她的鄰居帶食物來給她，足夠她度過冬天還有綽綽有餘，所以她那年沒有冬眠而變胖了。到了春天，其他的熊從冬眠中醒來，發現她正要吃完第一批的野櫻桃。「吃東西有助於舒緩痛苦。」她解釋說，下巴還滴著鮮豔的果汁。當他們走開時，她跟在他們後面。

　　「我有沒有跟你們說我母親去世了？我們剛在一起度過一個美好的早晨，然後忽然……」

　　「那也不是把我們的野櫻桃都吃光的藉口。」他們好生氣地說。

有幾隻熊一直聽著，沒有打岔，但是她看得出來他們眼睛裡的憐憫已經轉成了別的東西，最好的是厭煩，最糟的是某種尷尬，不是為他們自己，而是為她。

以前最同情她的朋友，初聽這故事時曾經哭泣的朋友，現在給她出主意。她說：「讓自己專注於一個工作計畫。我外公心臟病發後，我就是這樣做的，效果奇佳。」

「工作計畫？」小熊說。

「妳知道，像是為自己挖一個新的窩，什麼的。」她朋友熱心地說。

「可是我喜歡現在的窩。」

「那就幫別人挖一個吧。我前夫的阿姨掉入陷阱裡，斷了一隻腳，去年冬天住在壕溝裡。妳何不幫她的忙？」

「我的腳也受過傷。一枚指甲完全斷了，等它終於長回來的時候，看起來像個巴西胡桃。」小熊說著。她設法把話題又帶回她自己身上，希望她的朋友會忘記她的建議，但是沒有成功。

她說：「我會告訴阿姨，妳今天下午晚一點會過去。她會好高興，也可以幫妳把妳增加的體重減掉一點。」

朋友緩緩地走開了，小熊生氣地瞪著她漸漸消逝的背影。「也可以幫妳把妳增加的體重減掉一點。」她戲弄地模仿著。

然後她就翻開一根原木，吃了一些螞蟻，是尾部有條紋、低熱量的那種。吃完以後，她躺在陽光下，睡得正熟，她的朋友卻回來把她搖醒說：「妳怎麼搞的啊？」

「蛤？」

「都快天黑了，我前夫的阿姨等了妳一整天。」

「是喔。」小熊說。她走上山丘，走了幾十步以後，她決定不去做這件事。管它的，她又沒有請誰給她建議。她要離開家，住到山的另一邊去，而不是為了一個反正快要死的陌生老人挖一個窩。在山的那一邊，她可以遇到一些新的熊，陌生人會聽她的故事，讓她再度感覺到自己的悲慘。

第二天早晨她出發了，刻意避開斷了腳的老傢伙，她還坐在她可憐的壕溝旁邊等著呢。在燒掉的樺樹林那一邊，有一條

小溪，沿著小溪走，她碰到一隻幼熊，坐在及腰的急流裡，用他沒有經驗的腳掌用力拍打魚群。

「我在你這年紀的時候，也常做一樣的事。」小熊對他說。幼熊抬起頭來，發出一聲驚呼。

「我一定在水裡坐了一整個早上，直到我媽媽過來教我怎麼捕魚才對。」她頓了一下又繼續說。「當然，那種事情現在再也不會發生了，你知道為什麼嗎？」

幼熊沒說什麼。

「現在不會再發生了，因為我媽媽死了。」小熊大聲說著。「發生得很突然，我完全沒有準備。前一分鐘她還在，後一分鐘她就⋯⋯不在了。」

幼熊開始嗚咽。

「你醒來變成了孤兒，你母親的軀體在你身邊腐爛，你只能勇敢向前，孤獨無依，沒有人來愛你或保護你。」

當幼熊開始大哭時，他的母親從灌木叢裡衝出來。「你是

什麼東西，有病啊？」

　　小熊趕快跑到對面的河岸，進入森林裡，邊跑邊回頭看，還被石頭絆倒了幾次。由於她的體重，她很快就上氣不接下氣了，所以跑了幾百公尺後，她就改為小跑步，當早晨變成下午，然後又變成黃昏，她的腳步也越來越慢了。就在天色微暗之前，她聞到了煙囪的煙味，緩步走到一個村子的外緣。她從一個濃密樹籬的縫隙望去，看到一群人類站在那裡，背對著她。

　　他們好像在觀看站在空地上的什麼東西，當其中一人移動位置時，她看到那是一隻熊，公的，雖然過了一下子才明白，因為他穿著一件裙子，戴著一頂高高的錐形帽，頂上有絲巾。公熊的嘴巴套上了皮條口套，還連接著一條鍊子，一個穿著髒斗篷的男人有時牽他，有時用力扯他。有一個小男孩，也穿著斗篷，帶了一個鼓，用繩子掛在他的脖子上，當他開始打鼓時，公熊就用後腿站起來，隨著音樂前後搖擺。

　　「快一點。」人群最前方的一個軍人吼著，男孩就加快了他的節奏。公熊奮力跟上節奏，當他被裙子的摺邊絆倒時，男人就抽出一根棍子朝他臉上揮下去，直到鼻子都流血了。人們

看得大笑起來，有幾個人就扔出零錢，男孩就把錢都撿起來，然後才開始下一首曲子。

當夜幕低垂，觀眾回家去吃晚餐了，男人就把口套從公熊的鼻子上脫下來。然後他在他的脖子上綁了一個項圈，連接著一條鐵鍊，套在一個深深釘在地上的鐵樁。他和男孩進到帳篷裡休息，當小熊確定他們都睡著了，就從樹籬後面爬出來，走近被鐵鍊綁著的舞者。

她說：「我平常不跟陌生人說話的。可是我看見你在這裡，我想，好吧，凡事都有第一次。」

公熊躺下的姿態很古怪。他的裙子都擠在腰部，她看見他腿部幾處好大片都沒有毛，這些部位的皮膚都長著破了皮的瘡。她告訴他：「我習慣跟我媽媽聊很多。她和我是彼此的全部，然後有一天早晨，莫名其妙地，她就……死了。走了。我連說再見什麼的都來不及。」

也許是因為月光，也許是遇見一位藝人的興奮，不管是什麼原因，她竟然真的擠出了一滴眼淚，幾乎是過去六個月裡的第一次。淚水緩緩流下她的臉頰，這時，被鏈子綁著的公熊抬

起頭來說話了。「妳聽得懂我說的話嗎？」他問。

小熊點點頭，雖然事實上很難。

「那很好。」他說。「大多數的動物對我說的話，一個字也聽不懂，妳知道為什麼嗎？」

小熊搖搖頭。

「因為我沒有牙齒。」他說。「一顆也沒有。帳篷裡的男人用一塊石頭，把我的牙齒全敲出來了。」

「可是口套……」小熊說。

「那只是要讓我看起來很危險。」

「喔，我懂了。」小熊說。

他告訴她：「不，我不相信妳懂了。妳看，有蛆住在我的膝蓋裡。我還活著，可是蒼蠅在我的肉裡生兒育女。懂嗎？」

小熊一想到就打顫。

「我已經好多年沒有吃過固體食物了。我的腸胃受了槍傷，我的右腳斷了三處，而妳到我這裡來，淚眼汪汪的，只因為妳的後母死了？」

「她不是**後母**。」小熊說。

「喔，她一定是後母。我從妳的眼睛裡看得出來。」

「可是她就像是**真的**母親一樣。」小熊說。

「是喔，小便就像蜂蜜一樣，如果妳真的餓慌了。」

「也許在這一地區的男性想到什麼醜話就說出來。」小熊說。「可是在我的家鄉……」她才說到這裡，男人和男孩就從後面用一個包了布的棒子朝她的頭打了下去。當她醒來時，已經是早上，公熊躺在她面前的地上，他的喉頭被切開了，變成一個肉肉的微笑。

「他對我們反正已經沒有用了。」男人對助手說。「膝蓋壞了。沒救了。」

　　現在小熊從一個村子遊走到另一個村子。她的臉頰凹陷，牙肉腫脹灌膿，因為牙齒都斷了，變形的臉加上口套，幾乎不可能有人聽懂她在說些什麼。但是，在音樂中絆倒、摔跤之際，她望向她的觀眾，述說她母親的故事。大多的人大笑著，喊著叫她把裙子撩起來，但是她不時會看見有人流淚，她發誓他們聽懂了她的每一個字。

小老鼠
與蛇

很多動物都有寵物，但是很少會比小老鼠更投入，她有一隻小玉米蛇。「一隻搶救回來的蛇。」她會馬上告訴你。聽起來好像他是從浣熊的嘴裡被搶過來的，可是其實她說的意思是把小蛇從一個沒有她的愛的生活裡解救出來。那小蛇以前會是怎麼樣的生活啊？

「我看見他從他的小蛋裡孵出來，我那時馬上就知道我必須救他。」她很喜歡這樣說。「我是說，看看那張小臉！我怎麼可能拒絕！」小蛇就會輕彈他有如裂開絲帶般的舌頭，而他的女主人就會逗弄他下巴底下的鱗片。「他是在說：『你好，新朋友。很高興認識你！』」

41

可是新朋友們卻不這麼有把握。當蛇盤繞起來時，他們跳起來，很不安，這種反應讓小老鼠感覺到如此如此的特別，其實是某種異國情調，跟古怪不同。要符合古怪，你只需要纏上一條頭巾，弄得類似大得可笑的頭，或是紫色的一團東西。而要符合異國情調，你需要想到的不僅是超越框框，而且是超越屬於框框世界之外的什麼。

「你們不是怕我的蛇。你們是怕有關他的**想法**。因為這個小傢伙即使生命攸關也不會攻擊的。我沒解釋過嗎？」她這樣堅持。然後她會描述他怎麼在她的床腳下睡覺，每天早上用親吻把她叫醒。「他說：『媽咪起床。新的一天開始了！』」

蛇是這世界上存在的最聰明、最英俊、最貼心的生物。他能躺在陽光下或是發神凝視空中幾小時，這些樣子真是神奇。「他覺得他是我們中的一份子。」小老鼠告訴她的朋友們，而他們的反應是越來越勉強的微笑。不久，她就不再用「寵物」這個字了，因為有貶低的感覺。「擁有」這個字也被排除，因為聽起來好像她是違背他的意願來留住他，如同被困在瓶子裡的螢火蟲。「他是一個爬蟲類的伴侶。」她開始這樣說，於是，不久，

他便成為她唯一的伴侶。

　　這對小老鼠正合適。她說：「我反正向來就跟他們沒有共通點。甚至跟我同年的也一樣。」蛇眨著眼睛，好似在說，**我們只要擁有彼此就夠了**，於是小老鼠伸出手去摟著他細長的脖子。

　　他們兩個想法的相似度幾乎讓人毛骨悚然：在天氣方面，在最重要的儲藏財物或狂歡問題上，他們倆絕對是完全一致。他們兩個都喜歡週末，都痛恨貓頭鷹；只有在食物方面，他們的意見不同。

　　「你不要**試試**嚐一口穀物嗎？」蛇很幼小的時候，小老鼠問過他。可是他不要，寧可吃一隻活的蟾蜍寶寶。她想不透他怎麼能吃這些東西。她試過咬一口，只是要看看味道怎麼樣，哎呀，又黏又腥，餘味殘留嘴巴裡好幾天不退。

你不能期待一個孩子，尤其是這麼弱小的一個，去獵取自己的食物，所以小老鼠替他去找食物。

除了蟾蜍寶寶以外，她為他拿回來過一枚知更鳥的蛋和一隻非常幼小的錢鼠，就像對別的東西一樣，他一口就把錢鼠吞了。「我的天哪，慢一點。品嚐一下。」

在頭幾個月，他們的午餐後會有一堂說話治療課。「你能不能說：『你好，老鼠朋友？』，你能不能說：『我愛妳？』」

她終於看見自己這樣嘗試的沙文主義。他為什麼應該學習像齧齒動物一樣說話呢？為什麼不是反過來？於是她努力學習像條蛇。過了幾個禮拜一無所成後，她用刀片把舌頭割開。這也沒有讓溝通容易一點，不過的確讓他們多了一個共同點。

有一天下午，他們兩個在火爐前，彼此溫柔發出嘶嘶聲，這時有人來敲門。是一隻蟾蜍，小老鼠為這打擾長嘆一聲後，踏上前門平台迎接她。雖然她手臂下沒有夾著油印的傳單，但是任何人都可以猜得到她為什麼在這裡：是那張「日夜煎熬的母親」的表情，兩棲動物都是這樣，她們有幾千個孩子，每當少

數幾個為了更高尚的目標而犧牲時，她們就崩潰了。

蟾蜍說：「我很抱歉這樣闖進來，但是我有幾個**寶寶**不見了，我不知如何是好。」她用手擰鼻子，然後把黏黏的手往大腿上擦。「他們有的是男孩，有的是女孩。一共九個，沒有一個到了能保護自己的年紀。」

就是最後一句話考驗了小老鼠的耐心，**保護自己**好像是一隻蟾蜍需要的特別訓練。他們孵化出來，他們張開眼睛，然後他們跳來跳去，每個都像石頭一樣沒有優雅和吸引力。

「嗯，如果妳那麼擔心孩子們的安全，你就應該好好看著他們。」小老鼠說。

「我有啊。他們就在外面院子裡玩，像一般孩子一樣。」蟾蜍哭著說。

老鼠心裡想，**他們是在玩**，她想起那片沙土，光禿禿的，只有一棵枯萎的蒲公英。這一區周圍是高高的蕨類植物叢，她就是躲在那裡，用一群飛蠅來指望引誘這些無聊、好騙的孩子們。如果他們不是餓壞了，而且可能是在養育中腦袋受傷了，他

們就不會這麼盲目地跟隨她。所以，實際上，這豈不是蟾蜍的錯？**她**的慈悲心又在哪裡，如果蒼蠅來敲門，詢問**他們**的失蹤寶寶？昆蟲媽媽的愛就比兩棲動物的價值較低嗎？蛇寶寶不也一樣天真、可愛，跟任何其他活著的生物一樣值得保護？

　　小老鼠痛苦地認識到，雖然他永遠是可愛的，可是她的伴侶已經不是以前的小傢伙。她把他救回來後的幾個月裡，他已經長大了差不多五吋，好像還長不停。幼年的蟾蜍不久就會不夠了，所以小老鼠接下了一份傳單，研究了一下。她說：「我跟妳講，這樣好不好，我幫妳注意看著，妳再回來問我，呃，差不多兩個禮拜。妳覺得怎麼樣？」

　　過了幾天，又有人來敲門，這次是一隻錢鼠。她說：「我在想，妳會不會碰巧看過我女兒？」

　　「呃，我不知道欸。她長什麼樣子？」小老鼠說。

　　訪客聳聳肩。「我也說不清楚。我猜很可能就是像我吧，可是比較小。」

　　小老鼠說：「妳所愛的東西不見了的時候，真是難過。就像

這些蛆，我以前有一大群住在我的後院裡，個個都是小寶貝。他們又活潑，妳根本追不上他們。前一分鐘還在這裡，轉眼就不見了，連一個字條什麼的也沒留。」

錢鼠望著地下一陣子，小老鼠心裡想，**一點也不錯**。如果要頒獎給世界第一的偽君子，在錢鼠跟蟾蜍之間，還很難做出選擇呢。

小老鼠說：「回答妳的問題，我**是**遇見過一隻小錢鼠。是一個小女孩，她說她離家出走了，問我她可不可以來跟我住一段時間。我告訴她：『也許妳應該考慮一下，別這麼草率。』我說：『妳何不先看看妳這個月覺得怎麼樣，然後再回來？』」

「一個月？」錢鼠哭著說。

「我是那樣告訴她的，妳何不也這樣做？如果妳女兒在這裡，我會幫妳留她在這裡，如果沒有，至少妳努力了。」

於是錢鼠懷著希望離開了，小老鼠回到了屋裡。「笨蛋。」她輕聲地說。蛇把他的扁頭從地毯上抬起，她對他解釋說，從今以後，他的食物會自動送上門來。她說：「那我們就有更多時

間在一起了。你喜歡嗎，寶貝？我知道
你會喜歡的。」

　　蛇伸出叉子般的舌頭，她又再度想到她從來沒
有見過這麼美麗的生物，而且聰明。美麗又聰明，最重要的是
忠心。

　　一個月後，錢鼠回來了。她站在門口，禮貌地敲門，正在開
始大聲敲門時，蟾蜍從那裡走過。「如果妳是在找小老鼠，我
想妳可以作罷。」她告訴她說。

　　錢鼠轉過身來，斜著眼睛看她。

　　「我兩個禮拜以前來過，做過跟你一樣的事。敲門敲到
快要把門打破了，可是沒有人應門。然後我走到那邊一些松鼠
那裡，他們說，從月初就沒有看見煙囪冒煙了。他們說，這很
奇怪，因為小老鼠一年到頭總是生著火，即使在夏天也一樣。
他們的猜測，我也一樣，是她搬走了，也許找到了一個伴，什麼
的。妳知道老鼠是這樣的，為了一點溫情，不惜一切。」

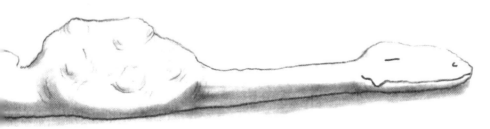

　　錢鼠沮喪地說出孩子失蹤的故事。蟾蜍也說了。可是，如果她們沒有哭泣、互相安慰，如果她們把耳朵貼近門上，她們可能聽到，蛇的肚子裡裝滿了無條件的愛，敲打著想要出來。

鸛養育孩子的

早熟的鸛才兩個禮拜大就問嬰兒是從哪裡來的。

「天哪。」他的媽媽說。「我是說,哎呀,這是很了不起的問題啊。」她認為自己和任何人一樣時髦,但是總得要在某處**有個**限度吧?「我等一下再回答你。」她說,一邊比平常更用力地嚥下一條鯡魚。

那天稍晚,鸛媽媽把這段對話覆述給她也有一個新生兒的姐姐聽,她的意思是,**孩子們可真會說些要命的話**等等這一類的故事,她沒想到會得到這樣的反應。

「妳唯一的兒子來找妳，想要一些答案，妳竟然沒回答他？」

「我當然沒有。他自己還是個嬰兒呢。怎麼能期望他了解這麼複雜的事？」

「所以對孩子只能推諉，甚至更糟的，對他**欺騙**？」

「當然，要等他們夠大了。」

「所以我們只好騙他，一再騙他，然後有一天他們就應該相信我們？」

「**我們**家以前就是這樣的，我從來沒有特別感覺受傷。而且，不算是說謊，只是說故事。兩者有所不同。」鶴說。

「喔，真的嗎？給我舉個例子。」姐姐厲聲說，驚訝於這事讓她多麼生氣。

鶴斜眼看著周遭的屋頂，直到她想起一件事。「好。我記得我第一次看見滿月，而爺爺告訴我，那是遙遠的自然衛星，幾十億年前形成的。我一直都相信這話，直到我知道了事實。」

「事實？」姐姐說。

「是上帝造的。」鸛這樣宣告。

「誰？」她姐姐忽然覺得要吐。

「是上帝。」鸛再說一次。「祂造了世界與天堂，一切都出於塵土和意志，而且花不到一個禮拜！我聽到一隻紅雀在廣場的大教堂頂上談論祂，真的很有啟發性。」

「那麼，是祂把嬰兒送來的？上帝？」

「哎，不是，嬰兒是老鼠帶來的。」鸛說。

姐姐停了一陣子說不出話來。「喔，寶貝，我們的嬰兒那麼大，所以怎麼可能──」她說。

「這些是特殊的老鼠，有能力舉起比他們自己還重得多的東西。他們躲藏著，直到妳下了蛋，知道嗎，然後，當妳轉過身，他們偷偷把小鳥塞進蛋裡。」鸛這樣解釋。

「可是我們是在煙囪上面築巢。一隻小老鼠怎麼能，攜帶著一隻活生生的、活潑亂動的新生兒爬那麼高？而且他爬的時

候怎麼抱小鳥？」姐姐說。

「聽過魔術口袋嗎？」鸛問。

「魔術口袋，當然。」姐姐說。她覺得奇怪，這麼容易受騙的人怎麼有辦法養活自己，更不用說築巢和養一個孩子了。「妳到底是從哪裡聽來的資料？」

「喔，就是那個跟我交配的男生。」鸛說。

現在輪到姐姐轉頭凝視屋頂了。「我知道。」她說。「何不告訴妳的兒子，嬰兒就是來自那裡——交配。那太瘋狂了，我知道，可是也許那會幫他渡過，直到他的年紀足夠了解魔術老鼠的概念。」

「妳這樣想嗎？」

「是啊。」姐姐說。

鸛飛走了，她姐姐震驚地望著她離去。她們出自同樣的父母，也差不多在同樣的時間離巢。她們住在同一個城鎮，喝同樣的水，怎麼她自己變得這麼聰明，而她可憐的妹妹這麼糊塗？

　　腦海裡還回想著剛才的談話,她回到自己的孩子身邊,十天大的小女嬰。小鸛張開嘴迎接食物,鸛嘆了一口氣。「我知道妳餓了,但是媽媽今天下午累壞了,需要補充精力,才能當奴隸呢。」她從窩裡挑出幾根羽毛,彈到外邊。「妳想知道媽咪為什麼累壞了嗎?」

　　孩子把嘴巴張得更大,鸛發出一聲悲歎。「關心別人一點也不會對妳有害的。」她說。「我告訴妳我很消沈,我告訴妳我覺得走投無路和孤單,而妳的回應是『很好。現在餵我吃東西』,妳這樣實在是不夠敏感。所有的媽媽都對她們的孩子有著無條件的愛,可是總有一個時間限度,懂吧。那不是永遠的,尤其是妳這麼自私的時候。」

孩子閉上了她的嘴。

「媽咪覺得沮喪，妳的表哥說想要知道**寶寶**是從哪裡來的。妳看，對妳這樣的年紀，這是完全自然的——沒什麼好羞愧的。性愛是美好的，是生命重要的一部分，上禮拜我們討論過妳爸爸的不忠時，我給妳解釋過了。記得我們談到爹地的欺騙嗎？我告訴過妳，有好的情人和壞的情人，而妳爸爸是病態地不關心他伴侶們的需要。我說過，妳不是在雙方高潮時孕育的，所以可能影響了妳同情別人的能力，記得嗎？」

一隻烏鴉飛過，孩子的頭完全不動，眼睛卻跟隨著他。

「就是太過於關心了，所以才讓我消沈的，是因為妳的阿姨，不見得是因為妳，她一副權威的樣子告訴我，孩子是老鼠帶來的。」

孩子的眼睛睜大了。

「我也是這樣反應的。」鸛說。她看著自己的女兒,好幾天來第一次,她覺得有一絲希望。然後,覺得餓了,她飛去尋找食物。

小鸛望著她離開,心裡又再度希望自己能有個兄弟或姐妹,媽媽之外的某個人,任何人,不像她一樣整天不停只談自己的人。她從出生就覺得自己命中註定是個獨生女,可是也許老鼠能幫忙改變情況。問題是:他們怎麼做事?他們輪流探訪每一個鳥巢嗎?有沒有可能他們會接受委託,可以被召來或用魔術引來?小鸛靠過巢邊,希望能看到一隻這樣的老鼠,可以叫喚他。然後她又往外更伸出去一點。

忠心的
賽特獵犬

　　以前我還不認識她的時候，我老婆住在一個農場裡。那是一個小規模的地方，種植著有機蔬菜、自己摘草莓，還有十幾隻雞，他們個個都要聽她說「一個天大的混蛋」的故事。她第一次說的時候，我大笑了，因為我一直覺得這個字眼是只有男性才用的。

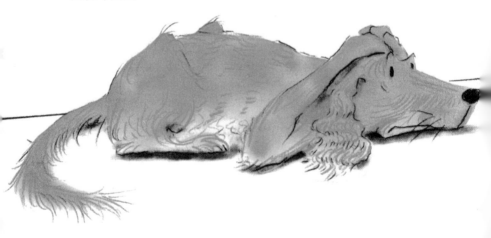

　　「老二」也一樣,她總是用來指女性──例如,有時會爬進我們垃圾桶的浣熊。她會對我說:「你能相信那個老二的膽子嗎?」同時她的鼻子壓扁在餐廳的窗戶上。然後她會吠叫:「嘿,混蛋,去搞他媽的別人院子裡的垃圾。」

　　我把我老婆的語言歸因於她是四分之一的長耳狗,她說她只有八分之一,少來,耳朵洩露一切。耳朵和她的嘴巴。

　　但是,我仍舊忍不住愛上她,甚至在她不忠之後原諒她。「他們**也**是你的孩子。」她會這樣說,一窩四隻,看起來不會比浣熊的老二更像我。我知道他們是馬路對面英國牛頭雜種犬的孩子,但是你能怎麼辦?人人都有權犯一次錯,不是嗎?

　　我想告訴你,我從一開始就痛恨這隻雜種犬,我從來沒信任過他一秒鐘。可是那對我跟我老婆顯示著什麼意義呢,是說我們的品味差異**那麼大**嗎?如果你要聽真話,我其實對這傢伙沒有多想什麼。當然,他的醜陋,我注意到了──那雙讓人不寒而慄的小眼睛。他的愚蠢也很明顯,可是我不能說我形成了一種正式的「看法」。至少,在小犬事件以前沒有。

一窩小犬出生後不到一個禮拜，牛頭雜種犬朝一個孩子的臉上咬下去，幾乎把一塊肉都咬掉了，是住在他隔壁的金髮小女孩。而我坐在汽車的後座，正開進車道，看到救護車來了，哇，場面真是驚人。父母都呼天搶地。

「唔，又不是不能再生小孩。」我那天下午告訴她的時候，我老婆打著呵欠說。

我說：「再說一次？」

她說：「那是他們對我們的想法，所以，我們為什麼應該不同呢？」

「所以我們需要墮落到**他們的層次**？」我說。至於牛頭雜種犬，我老婆承認他是一個暴躁的傢伙。

不久後，小女孩從醫院回家，她的頭包得像個蠶繭。眼睛部分開了兩個洞讓她看，還有鼻子和口，都有黏液：眼淚、鼻涕、口水。即使你討厭小孩，也會為她難過。可是我老婆，我看得出來她是責怪這個女孩，她覺得要不是因為她，牛頭雜種犬還會活著。

　　我猜想她最後會忘掉他的，而我只要耐心等待。我們的主人在報上登了一個廣告，把那些倒楣的小狗擺脫了，這對我也有幫助。喔，當然，我哭了，主要是為了我老婆，而不是我。我不在乎你聽過什麼有關繼父、繼母的事，當他們是別人的孩子時，就是不一樣。別誤會我——我祝福他們。我只是不覺得需要再見到他們。

● ● ●

　　現在只有我們兩個了，我希望一切恢復正常。就是那時，我們的主人把我的老婆帶去切除了子宮。她為了動手術全身麻醉，什麼都看不見，什麼感覺都沒有，睡過去時還有生育力，醒來變成了軀殼，她的子宮和其他在裡面的東西都沒有了。

　　我告訴她，對我來說，一點關係也沒有。她一聽就吼叫起來。「喔，當然沒有。我知道你覺得**好**得很。」

　　我說：「妳說什麼話？」

　　「你在想，這樣我就不能再對你不忠。或者，即使我有，至少也生不出什麼來。」

　　她好像在怪我給她切除子宮似的。我說：「寶貝，不要這樣。」

　　她從那時候起，一連三天都沒跟我說話。誰也猜不透她腦子裡在想什麼。可是我一直在想有一次我在狗公園遇見的那頭威瑪獵犬。他的主人是那種會用四腳爬行來設法跟他溝通的人，不只是吠叫，而是躺在地上，表示順服之類的。

　　在狗公園裡有不少人像那樣—— 他們是神經病——可是這個傢伙真的做到底了。去年秋天某一天，他去醫院把他的扁桃腺割掉。他的扁桃腺沒有發炎、腫脹什麼的，他就是要割除。「放在一個瓶子裡。別把肥油剔除。」他大概這樣告訴醫生。

　　那天晚上，他回到家，用牛排刀把扁桃腺切成碎片，用手餵給這頭威瑪獵犬說：「來，孩子，我這麼愛你，我要把我的一部分給你。」

　　「然後呢？」我說。

　　「吃起來很像雞肉。」威瑪獵犬告訴我。我老婆不跟我說話的那段時期，我就是在想這個。她的子宮切片吃起來是什麼

味道？我知道這很瘋狂，可是我就是忍不住會去想。我的念頭是否表示一種同類相食的衝動？又或者毫無疑問這樣對肉體的渴望（事實上是她的子宮），可簡化說成是一種正常的性幻想嗎？我想談談這個話題，但是以目前的情況來看，我想最好還是閉嘴。

就在那個時候，我老婆想要她的男朋友回來、而我在玩味這些瘋狂的黑色思想之際，包紮著繃帶的女孩又出現了。好像有某種情況惡化，發炎什麼的，她必須回醫院去。我們從客廳的窗戶看見她，只是一瞥，她跟著父母進到車裡。

「小普利思小姐。」我老婆喃喃自語，感覺好像是幾百年來從她口裡第一次說話。然後她無力地鑽進窩裡，躺在電視機前面。這是她獨處的方式，因為我討厭電視。節目是不用說了。我還受不了機器本身。它臭得不得了，所以我總是走到門口，待在地毯的這一邊。

「對啊，傲慢先生。」我老婆說。我們為某事不和時，她總是那樣叫我，不管是為了磨牙的玩具或是電器的味道。她會說：

「我猜想，我的教養就是比不上你啦。」而這是真的。她是比不
上我。每次提起這個話題的也是她，這也是真的。這是她的不
安全感在說話，一個混種鄉下女孩可悲的自我憎惡，所以我盡
量不去管它。

　　當我老婆發火的時候，就會提到我的血統，當然，還有我
被派出去配種的時候，這跟不忠不可混為一談，我不管你聽過
什麼。不忠牽涉到一種選擇，而配種是被強迫安排的，非我能
力所能控制。

　　「這些女性對我的興趣也不會大於我對她們的興趣。」我
告訴我老婆。「這不是外遇，這是工作。這是我的職業，老天
爺。」

　　她說，如果我是想要賺錢，拉著一個盲人走路也一樣容
易。「或者更好的，嗅出違禁品，你跟你那個恨電視而愛書香
的挑剔的鼻子。」

　　「**不是**所有的書。」我告訴她。我受不了恐怖小說。

就在我們關係有困難，而我老婆開刀縫線還是一碰就痛的時候，我被派去服務一位女性，在我們家西邊幾小時的距離。平常只是「你好／再見」的工作，可是在那一區，土地真美。有樹林，有山坡，我主人本來只是等我辦完事的，後來卻決定把我留下，讓我花後半天的時間在他的車裡，嗅來嗅去。

這行為本身很難把它想成是性愛，只花了不到一分鐘。然後這位女性跟我聊了起來。她是純種愛爾蘭賽特獵犬，跟我一樣，所以我們有共通點。我們兩個都在小時候得過鉤蟲，很湊巧地，我們都喜愛蠟燭的味道和質感。「只要不是加了香味的。」她說。

「最糟糕的就是那些便宜的**香草蠟燭**。」我說。

她同意，加一句說，講「便宜」是多餘的字。「**所有的**加了香草味的蠟燭都是便宜的。」

我告訴她，我還是小狗的時候，啃過一個桂皮香味的蠟燭，她嚎叫一聲表達同情的噁心時，我想到我老婆，我們說的話在她聽來會有何感覺。「傲慢自大。」她會這樣說我們。「你

們的鼻子高高朝天，連自己放屁都聞不到。」喜歡某種東西超過另一種東西就有罪了。

「你知道我還討厭什麼嗎？」我對這位女性說。「我恨透了空氣清香劑，椰子味是最糟糕的。」

「喔，我不知道欸，野櫻桃很可能是這樣的。」她說。

「我的天哪，野櫻桃！」我說。我弓起肩膀，假裝要吐。

從空氣清香劑，我們聊到馬桶坐墊、新穎的信箱和拉布拉多長毛犬。她剛開始聊到輕鬆爵士樂時，我建議我們再試一次配種的事情。「以防萬一第一次沒成功。」

「你不用問我兩次。」她說。

到第三回合時，我根本就不用問，而後面的那一次好像自然就發生了。「這是餘震。」她這樣稱之。有人可能把這個定義為不忠，可是我只是稱之為做事徹底。而且我從一開始就表明了已婚身分的。

「你太太？那是**怎麼發生的**？」她說。

我告訴她，我們是被我主人的女朋友配對結婚的。

「現在是前女友了。」我說。「我不知道有多大的約束力，但是我不想跟任何其他人在一起。」

這是真的，我不要。其中一件事情，我喜歡我老婆對我的需要。

若是沒有我的指引，她一定會跟著做她男朋友起了頭的事。對街的孩子肯定會被撕咬得更嚴重，可是這樣有什麼意義呢？「這**不是**妳的本性。」我總是這樣告訴她。可是目前，她好像著了迷。我盡力對這位女性解說這事，我說完了以後，她把頭翹著。

「所以妳老婆被一隻英國牛頭雜種犬洗腦了？」

「差不多是那樣。」

「天哪，我**恨透**了英國牛頭雜種犬。」她說。

就是在那時，我們做了餘震。

◎◎◎

主人回來時，幾乎已經黃昏了，他跟我就動身回家。空氣清香劑開了，但是在哀哀叫了一陣子後，我讓他把窗子放下了。我把頭伸出窗外，我們上路還不到二十分鐘，就看到一棟建築物失火了，是三層樓高的房子，有矮磚牆圍繞。

主人把車停下，他還來不及阻止我，我已經跳過座椅，跟他一起在草地上了。如果我老婆也跟我在一起的話，他一定會強迫我們回到車裡，可是我是蠻可靠的，即使沒有鏈子。而且，我讓他覺得體面，比他本人有趣得多。

一小群人開始聚集，圍繞著一個穿運動褲赤足的女人。我們走近一點的時候，我看見她抱著一隻達克斯獵犬，長髮的那種。大家看著她把他的耳朵往後摸，一再親吻他的額頭，他卻扭動著想要下來。這時一個老男人來了，他把女人摟過來，就在這時狗掙脫了。

他跟我聊了起來，我才知道當這女人聞到煙味，覺察到房子失火時，他是她唯一伸手去救的東西。

「這是很好的，別誤會了，可是她還有一個十幾歲的兒子在裡面。」達克斯獵犬說。

他用姿勢指向冒出黑煙的二樓窗戶。

「他跟他媽媽總是要掐住對方的喉嚨，可是他總是對我很好，可憐的孩子。」

達克斯獵犬發出一聲嘆息。當女人彎下身來，把他抓起來時，我瞥見了這個可憐傢伙的未來。**我什麼都可以搶救，卻選擇了你。**

誰想要住在那樣的壓力下？

當我祝他好運時，消防人員抵達了。一組三個人的往房子走去，剛剛要到那裡時，屋頂塌下來了。火星射向滿佈黑煙的天空，瓦礫劈劈劈啪落到地上時，我嗅到了燒焦的肉味，忽然我注意到我餓壞了。運氣好的話，主人會在回家的路上給我們

每人買一個用紙包著的漢堡。然後，聞著煙味和番茄醬味，我會慚愧地回到我老婆的身邊，繼續我愛她的終身志業。

小羊烏鴉與

有一天早晨，烏鴉出去找東西吃，她發現一隻剛出生的小羊，在下面的田地裡吸奶。她心裡想：**綿羊。我倒願意過那樣的生活。這位母親生出一個寶寶，然後她就只是躺在那裡，什麼都不用做，嬰兒會自己吃奶。不用築巢，不用花所有討厭的時間尋找食物，而且食物還總是不夠。**

此外，小鳥還必須在家學習，不是像羊或是牛，彼此學些廢話。「需要全村子欸。」他們喜歡這樣說。其實根本沒有多少可學的。

你低下頭，食物就進來了。抬起尾巴，它就出來了。頭下面就有吃的，其他的事，他們都不用管了。糞便從他們身體的這一頭抹到那一頭。他媽的全村有教他們清潔自己嗎？這是烏鴉想要問的問題。喔，他們抱怨蟲子的問題，蒼蠅整天停落在他們的臉上。消息可是傳得很快：蒼蠅追逐糞便，所以如果你不想要他們聚集在你的額頭上，弄乾淨啊！天哪，這些吃草的動物真笨，倒也不算是壞事啦。

盤旋了幾圈以後，烏鴉降落在牧場上，假裝在撿草地裡的東西。老母羊把她審視了一番，然後又把注意力轉回到寶寶身上，**寶寶**正在接受生平第一次、也可能是唯一的一次沐浴。「好可愛的孩子。男娃還是女娃？」烏鴉大聲說。

母羊嘆了一聲，就像所有對孩子的性別有期待的父母一樣。「**他**是男孩。我的第二個。」她平常比較愛社交，可是這隻鳥讓她興趣缺缺——是他們的無用性吧，她猜想。

「嗯，他是不折不扣的羊啊，如果妳不介意我這麼說。」烏鴉說，然後她跳近一點。「告訴我，是自然生產嗎？」

　　母羊本來想要保持距離，但是談話的主題轉到她自己，她覺得幾秒鐘也無法抗拒。她說：「喔，是啊，百分之百的自然，可是，那只是我的方式。這樣感覺更『真實』，如果妳懂我的意思。」

　　烏鴉點點頭。「那胎盤呢？」

　　母羊說：「喔，我吃了。難吃死了，可是我想，妳知道，對親子連繫的過程很重要。」

　　「這是一定的。」烏鴉同意，然後低下頭在草裡皺眉。沒有比這更讓她惱怒的事了，這些自命不凡的草食動物，有時候吃肉，然後說那不能真的算進去。「所以我猜想，妳把臍帶也勉強吞下去嘍？」

　　「別提醒我了。」母羊說，一邊做出有點要吐的姿勢。「有的媽媽現在把它埋起來，舉行一個小儀式，可是我聽說狗會把它挖出來，這樣就有點失去了它的神聖性，妳覺得是不是？我是說，別誤會，我不是宗教狂熱份子什麼的。妳不會看到我在任何基督誕生場景擺姿勢，可是我的確認為自己是非常有靈性的生物。」

「那樣，我覺得，遠勝於所謂的『宗教虔誠』。」烏鴉說，又更走近了一步。「妳已經明白什麼對你合適，並且擺脫了其他的，而不是像羊一樣盲從，如果妳原諒我的說法。拿刮鬍子來說，有的宗教說你不可以刮。妳看，那對一匹馬或一隻雞什麼的還好，可是那妳怎麼辦？」

「我不敢想像。尤其是在夏天的熱浪裡！」母羊輕聲笑著。

「就是啊。如果會成為累贅，何必搞那麼多？我聽說，另外一種宗教說，你不可以碰觸一隻豬。」烏鴉說。

「唔，我同意！」母羊說，她又笑了，露出她滿口整齊的牙齒。

「不瞞妳說，我也會這樣。」烏鴉透露。「但是如果妳自己是一隻豬，妳的孩子需要哺育呢？妳怎麼辦？把它送給母牛嗎？讓它餓死嗎？」

「我明白妳的想法。」母羊說。

烏鴉繼續說：「所以我們挑挑揀揀，一點這個，一點那個。

拿我來說。最近加入了一些東方冥想在我亂烘烘的生活裡面。每天早上，我閉上眼睛十分鐘左右，就是一種把一切關閉在外。噪音、騷動──所有的東西，不見了。」

母羊把頭轉向田野的盡頭，瞇起眼睛望著河水和它後面懶懶晃動的白楊木。「在我們這裡恐怕沒有什麼騷動，跟大多地方比起來，這裡蠻安靜的。」她說。

「主要是妳已經習慣了，其他的羊、蟋蟀等等，如果妳的寶寶跟我的差不多，我打賭他還要再吃一份的時候可以把屋頂都掀了。」烏鴉告訴她。

「喔，是啊。」

「看起來也許不算什麼，但是全部加起來，這個農場的喧囂還真能讓人神經緊張呢。那就是冥想的目的所在。用這方式來說：『世界，走開一點，現在是我善待自己的時候。』」

「聽起來，我蠻喜歡。」母羊說。她注視她的寶寶，他坐直了，下面兩腿交叉，眼睛盯著她的乳頭。「可是，告訴我，難不難，這個……妳說叫什麼來著？」

「冥想。」烏鴉說。「為回答妳的問題，它還可以更容易。第一步驟就是閉上妳的眼睛，注意好好閉緊，因為偷看會讓邪惡的力量進來，嚴重擾亂妳的消化。」

母羊照她的話做了。

「現在，沒有什麼固定的規則，可是東方人喜歡做的是重複他們所謂的真言。同一句話一再複述，直到它真的沈澱到妳的靈裡。我知道聽起來很枯燥，可是實際上非常有效。」烏鴉這樣解釋。

「怎麼樣的一句話？像詩詞一類嗎？」母羊問。

「可以算是吧。」烏鴉說。「我自己的真言比較屬於一種肯定，我猜妳可以這樣說。它有點是屬於個人的，可是如果妳喜歡的話，妳也可以用，至少在妳想出妳自己的某種東西以前。」

「不是髒話吧？我要為孩子考慮。」

「當然不是髒話，我難以相信妳甚至會問這樣的問題。」烏鴉說。

「我不是要侮辱妳。只是，呃，妳會聽到傳言……」母羊說。

「那就是說所有的烏鴉都很污穢，對不對？我們都只會想性交？」

「我的意思是我很喜歡借用妳的真言。那是說，如果我可以的話。」母羊說。

烏鴉看看小羊，又看看他媽媽，驚訝於這麼可愛的東西會長成這麼醜陋、沒有身材。而鳥類正好相反，她想。沒有什麼比幼鳥更倒胃口的了，但是，在你又小又笨，還不懂得使用外表的時候，誰需要好看的外貌呢？碰到母羊這樣的對象，把眼睛閉起來會是一種有用的技巧，尤其是在交配的時候。她想像著一隻公羊，用力舉起磨損的細腿架在母羊背後，然後她甩甩頭，趕緊把這圖像洗掉。「我想我會讓妳用我的真言，但是只用到妳想出自己的句子。」她說。然後她往前靠過去，對母羊的耳朵說悄悄話。「現在我要妳把頭低下，把那句話重複二十次。不，三十次好了，妳經歷過那麼多。」

母羊按照指示做了,當她對著溼溼的草地咕噥時,烏鴉在她身邊移動了,啄出了剛出生的小羊的眼睛。一隻她當場吃掉了,因為太好吃了,另外一隻她含在嘴裡,帶回去給她不知感恩的孩子們。

　　至於母羊，她還在深度冥想中，眼睛緊緊閉著，重複著小偷、騙子和世界上所有自私者的密碼。她說著：「我必須做我該做的事。」「我必須做我該做的事。」……

老健與老生
鼠康　鼠病
的　　的

　　白老鼠從有記憶以來就一直生病。不是頭痛，就是腸胃不適、喉嚨痛、眼睛發炎。膿汁從他的牙齦滲出。耳朵會耳鳴，吃一點什麼東西就拉出來。現在又有消息說他得了胰臟癌，這倒讓他覺得鬆了一口氣。「我終於可以死了。」他向新室友呻吟著說。新室友是位女性，也是白鼠，那天早上剛到。

　　他們共用的箱子是玻璃做的，四個壁面的這裡、那裡都有被流血的腳爪弄髒的污跡，還有嘔吐的斑點。「哎，」她嘆口氣，對她新家的情況覺得畏縮，「我很遺憾這麼說，可是如果你有末期的疾病，那不是誰的錯，而是你自己的。」

「什麼?」白老鼠說。

這個女的走近給水瓶,把她的腳爪伸進龍頭,開始清洗。她說:「相信這些疾病只是『降臨到』我們身上,當然好。我們把它歸咎於我們的環境,堅持說誰都可以碰到,可是事實上,是我們用憎恨和消極把它帶到自己身上的。」

白老鼠咳出了一些痰,裡面帶著肺部的碎片。「所以這是**我**的錯?」

「喔,我想那已經被證明過了。」女的說。「你也許沒有覺察到你是多麼消極,也許你是被動積極。也許沒有人費心指出來,可是我必須按我所見的真相把事情叫出名稱。每個人也是這樣對我,只是方向相反。『你怎麼總是這麼陽光?』他們問。『妳微笑那麼多,嘴巴不痠嗎?』」有人把它解釋為精力過旺,但是對我來說,那是一種疫苗,只要我快樂、愛每個人,我就不會生病。」

「從來不嗎?」白老鼠問。

「喔，我得過一次流行性感冒，可是那完全是我自己的錯。有一個我錯當成朋友的人在我背後批評我，說一些有關我體重之類的事。我聽說了以後，有三分鐘之久的時間，我詛咒她生病。我不是說要她**死掉**，只是讓她有點不舒服，主要是絞痛什麼的。我正開始想像的時候，就打起噴嚏了，你知道，這是我身體的方式在說：『哎呀，那可不冷靜啊。』然後我的鼻子塞住了，我就發燒病倒了。」

「那妳那個所謂的朋友怎麼樣了，背後說妳壞話的那個？如果妳得了流行性感冒，她又發生什麼事呢？」白老鼠問。

「呃，還沒什麼。」女的說。「可是身體有它的時間。」她粉紅色的眼睛稍微瞇起來。「可是我敢打賭，當事情真的發生時，會比流行性感冒糟多了。也許是糖尿病。」

「妳聽起來滿懷期待。」白老鼠說出他的觀察。

女的沈下臉來，然後笑得好大，她的嘴角都碰到眼睛了。「一點也不。我給她最大的祝福。」

白老鼠靠牆跌坐下來，一手放在額頭上。「我想不起任

何我不喜歡的人。自從我上一個室友死了以後，我一直是一個人。」

「那是癌症的另一個原因。」女的告訴他。「你需要出去，跟人社交。講故事對我們的健康很重要，就像非關種族的笑話和謎語。」食物顆粒從一個滑道落在水瓶旁邊，她吃了一口。「我在什麼地方聽過，打油詩可以治療心臟疾病，又可以治療某些種類的癌症。你搞得懂它嗎？打油詩！」

白老鼠皺起眉頭。

「就是作詩啊。你知道，像是，『從前有隻小老鼠，啦啦啦，他呀啦啦，啦啦啦啦啦。』」女的給他解釋。

「喔，是啊。」老鼠說，同時悄悄回想起一個有關妓女和死老鼠的詩，他咯咯笑起來。「日本三行俳句怎麼樣？可以治療比較短期疾病嗎？」

女的說：「我知道你在笑我。可是沒關係。你生病了，快死了。而我完全健康，牙齒良好，對生命態度積極，所以你可以開玩笑，如果會讓你感覺好一點。」

　　她剛咧開她那大大的微笑，這時網狀天花板打開了，出現了一隻人類的手。起先看起來好像蠟做的，僵硬而不透明，當它靠近過來把她壓在地板上時，女的聞到橡膠味，知道它是戴了手套。然後又來了第二隻手，拿著一個皮下注射針頭，針頭刺進她的肚子，釋放出重重的一劑病毒，白老鼠靠著木片坐下思考。

　　他覺得大多數的打油詩都提到一個地點。例如，「有一隻來自德莫安的錢鼠」或是「在約克鎮曾經住著一隻雪貂。」可是他不知道他以前在哪裡。顯然是一個實驗室，可是地點不明。想著這個，他做出了下面的打油詩：

　　有隻女鼠　當過我室友
　　她說消沈　會讓你生病
　　自從她被　注射了愛滋
　　我察覺到　她也沒精力

　　好好笑，他心裡想著，可是他的確感覺好些了。

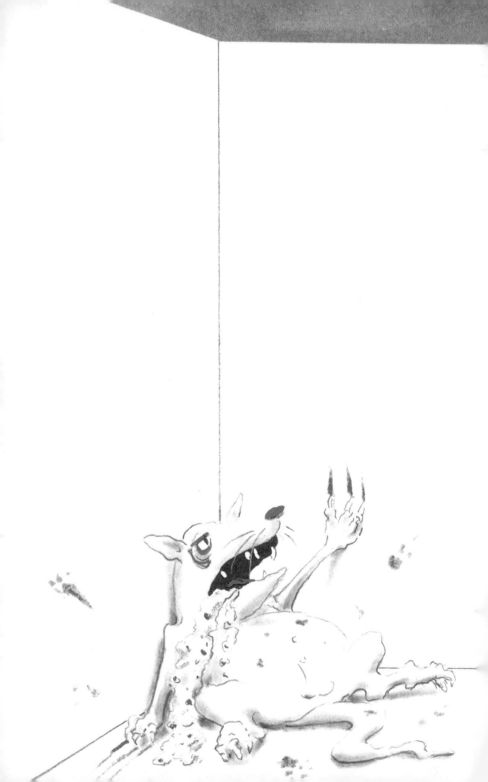

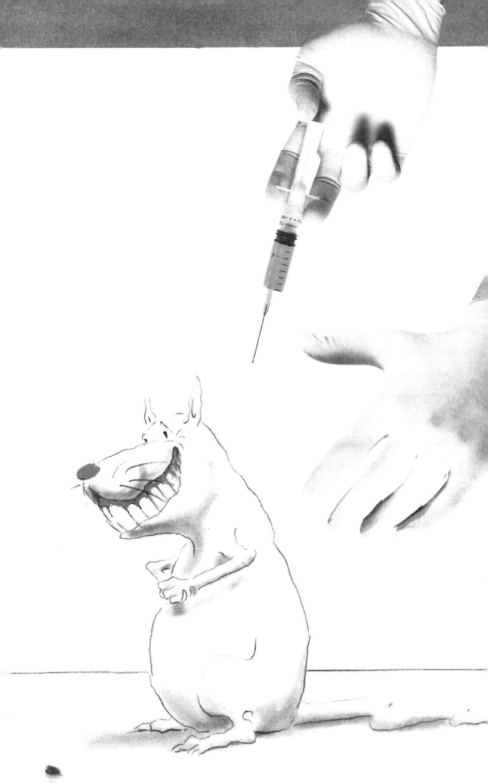

The Cat
and
the Baboon

火雞與母牛

　　母牛是出了名的小氣鬼，所以當她投票贊成祕密聖誕老人計畫時，每個人都很驚訝。那是馬的提議，而她立刻支持說：「我選擇火雞。」

　　豬認為自己是一切送禮事情的權威，清了清喉嚨說：「其實不是那樣做的。你看，那是祕密，所以我們抽一個名字，只有自己知道，直到聖誕節的早晨。」

「你為什麼總是要那樣?」母牛問,而鴨子嘆口氣說:「又來了。」

母牛繼續說:「你先要我給某人一件聖誕禮物,然後你告訴我必須照**你的**方式來做。好像『喔,我有四隻腳,所以我比別人都棒。』」

「妳沒有四隻腳嗎?」豬問。

母牛發出一聲呻吟般的嘆息。「好吧,就因為你有一團捲捲的尾巴。」

豬設法看看他後面,可是只能看見他的兩側。「真的很捲嗎?」

「重點是我討厭被人命令,我想了很多我們究竟是什麼。」

她總是這樣,所以他們決定母牛準備禮物給火雞,免得下個禮拜天天聽她抱怨,而其他人則把名字保密。

◈◈◈

當然，在農場上沒有商店，真遺憾，不過所有的動物都有錢，主要是零錢，是農場主人和他那個喜怒無常的胖小孩幹活時掉下來的。母牛曾有將近三塊錢，把它交給這家人要帶去城裡的小牛。她告訴他：「我要你幫我買一個背包。就像農場主人女兒的那種，可是要大一點，要藍色，而不是綠色。你能記住嗎？」

小牛在被帶出牛舍前，把錢塞在臉頰裡。「怎麼知道，我的運氣那麼壞，他再也沒回來了！」母牛後來這樣抱怨。

他不在的頭幾天，她一直有點浮躁地期待著。注意牛舍的門，聽著貨車的聲音，等著那個背包，那個只屬於她的某樣東西。

當期待已經沒有意義時，她轉為自憐，然後是憤怒。小牛佔了她的便宜，把她寶貴的錢用來買一張公車票，上車時想著：**「拜拜，笨蛋。」**

後來又覺得有點安慰，聽到農場主人跟他老婆談話，得知「帶動物進城」就是婉轉地說用電錘敲他的頭。拜拜，笨蛋。

擠奶的作業讓母牛跟人類關係緊密，超過所有其他的動

物，她張耳聆聽知道了很多八卦，像是誰跟誰在約會，加滿一缸汽油要多少錢，各種有用的小花絮，例如，聖誕節晚餐的菜單。這家人在感恩節時探訪了農場主人在安養院的母親，吃了味道好像洋芋片泡在雞油裡的東西。現在他們要「大大地」補償一下，「而且加上所有的配料。」農場主人的老婆說。

火雞不知道他會在聖誕夜被宰掉，除了母牛，誰都不知道。這是她特地選擇他作為祕密聖誕老人計畫的原因——一方面她可以不用準備禮物，另一方面火雞那種事事愛操煩的行事作風，也讓她可以忍受些。

「你一萬年也猜不透我給你準備了什麼。」抽完名字一天後她對他說。

「是浴室墊嗎？」火雞問。他看過一個掛在農場主人的晒衣繩上，就不知不覺地立刻喜歡上了。「是**地板**上的毛巾！」他一直跟每個人說。「我是說，真的，這可不是你一輩子聽過的最棒的點子嗎？」

「喔，這比浴室墊好多了。」母牛說，一邊咯咯笑著。火雞發出劈劈啪啪的聲音，說：「不可能！還有什麼能比浴室墊更好？」

「聖誕節早晨到來時，你就知道了。」她告訴他。

　　大多的動物都送食物作為他們的祕密聖誕節禮物。沒有人真的說出來，可是母牛注意到他們把一些食物收在一邊，不只是碎片，而是最好的部分──馬有燕麥，豬有厚片麵包皮。連最貪吃的公雞，也設法做犧牲，儲備了一把穀子在穀倉最後面角落的一個空罐子裡。這讓母牛很惱怒。**你們哪一個在為我犧牲啊**？她很想知道，一想到被款待的美食，她的口水都快流出來了。她看看豬，他坐在豬圈裡微笑，又看看火雞，他的肉垂下端掛著一小枝的槲寄生，他用著華爾滋舞步從一隻動物轉到另一隻動物，邊說著：「有人要嗎？」甚至對其他人。

　　他的愉悅真讓她受不了。等待聖誕夜的來臨真是要命，然而母牛等待了，當時機到了，就在早餐後不久，她悄悄地走到他身邊。「你知道他們要砍掉你的頭，對不對？」她輕聲說。

　　火雞似笑非笑地，好像同時在說：「開玩笑」，和「請你告訴我，你在開玩笑。」

「不是農場主人，就是他的一個孩子。」母牛透露。「大概是中間那個，戴耳環的男孩。有一些笑話是說用電鋸，可是如果我對他們夠了解的話，他們還是會用斧頭。這樣比較傳統，我們都知道他們多麼喜愛傳統。」

火雞大笑著，決定把這當成一個笑話，可是當他看見母牛臉上的雀躍神情，他知道她說的是真話。

「妳知道多久了？」他問。

「幾個禮拜。」母牛告訴他。「我本來要早點告訴你的，可是有這麼多興奮的事，我猜我是忘了。」

「殺掉我**而且**吃掉我？」

母牛點點頭。

火雞把槲寄生從他的肉垂下端扯掉。「天哪，我覺得自己像個笨蛋。」他說。

　　火雞不想破壞了任何人過聖誕節的興致，跟大家宣布說他要跟一些親戚一起度過假日。「家族中比較野生的，昨晚剛從肯德基州飛來。」中午來到了，農場主人和他的二兒子出現在穀倉旁的場地，火雞跑向他們，沒有緊張不安，他說：「各位再見。幾天後見面。」

　　他們都揮手道別，除了母牛以外，她低頭望向著空空的飼料槽。她正在想著，多一點額外的食物多好啊，忽然想起某件可怕的事。公雞正站在門口，母牛出去的時候幾乎踩到他。「等一下！回來。你抽到誰的名字啊？」

　　「我說，你拿到誰的名字？誰應該收到你的祕密聖誕老人禮物？」

　　火雞微弱地回答：「你會知道的。」他的聲音好像一首短歌，在他走了好久以後還縈繞空中。

兔子的警戒心

某天早上在河岸邊，一隻白色尾巴的雌兔被發現除去了內臟，森林裡的居民都恐懼到發狂，「大家都嚇呆了」小麻雀這樣形容。幾天之後，發現一隻臭鼬，只剩下被啃咬過的頭骨連接著一條短短的脊椎。個性方面，他沒什麼了不起。相貌也不特別漂亮，但是仍然遭此毒手！接著松鼠失蹤了，於是大家決定要採取行動。在大橡樹附近的空地上召開了一場會議，老鷹常常飛行遙遠的距離來尋找食物，他建議大家築起一道大門。「我在人類居住的地方見過，看起來相當管用。」

「怎麼管用？」麝鼠問。

老鷹解釋說，一旦大門建立起來了，無論誰要進入森林，都必須停下來出示身分。他說：「這樣會把賤民阻擋在外。」他又說，有壞事發生時，該負責的就是他們這些賤民。

鼬鼠那天第二次舉手說話：「要是擋不住這個賤民，怎麼辦？」

「那你就響起警報。」老鷹建議。「其實什麼都可以，只要夠大聲。」

❂ ❂ ❂

建造大門的工作交給了河狸，他對鉸鏈方面有點困難，可是終於解決了。在門的旁邊，他掛起一面銅鑼，是用一個舊的禁止踰越的牌子做成的。「我估計我可以用我的尾巴來敲它。」他說，然後就給它重擊了一下來做測量。

當聲響不再迴響於四周的山丘時，兔子走向前來。「誰選了你來管理大門啊？」他問，又說，誰都能夠敲打一片生銹的

金屬，即使沒有一個超大的尾巴。於是他撿起一根很重的棍子敲了下去，製造了一陣鬧聲，跟河狸的一樣大聲。他自誇地說：「我的聽覺比較好，我比較瘦，我跑得也比較快，對安全的警覺性更強，隨時警醒，你可以這麼說。」

所有的眼光都轉向河狸，而他只是簡單地說：「隨便啦」，就搖搖擺擺地走回他的巢穴去了。

◦ ◦ ◦

兔子當保全隊長的第一個早晨，他攔住了一條走近的蛇，蛇仰頭看他，笑得眼淚都噴出來了。

「有什麼好笑的事嗎？」兔子問。

蛇用他的尾巴擦去臉上的一滴淚說：「你們白癡啊。**沒有**牆的大門，有什麼用？」

「什麼有什麼用？」

「沒有道理嘛。如果一個動物不要進入**這裡**，有什麼能阻止他從下面幾十碼、倒下的松樹旁邊爬進來？」蛇說。

「有什麼能阻止他？」兔子問，他拿起他的很重的棍子，向蛇的頭重擊下去。然後他踢了一些土在屍體上，並在禁止踰越的牌子上寫下禁止大笑。

不久後，一隻喜鵲路過，跑去啄大門前面地上散落的一些穀子。他滿嘴食物地說：「我不是找碴，但是有什麼能阻止從空中進入的呢？你跟你的朋友要實施禁飛區嗎？」

「有什麼能阻止你從空中進入？」兔子問，他又用棍子重擊下去。然後他挖出蛇的屍體，把他和死喜鵲掛在大門頂上。這樣他們可以作為警告標誌，證明他是勢在必行。做完以後，他把牌子加些字，現在成了：禁止踰越，禁止大笑，禁止愚蠢提問。這是指你。

那是炎熱、無風的一天，不到一小時，綠頭蒼蠅來到，停在兩隻動物屍體的臉上。他們的嗡嗡聲吸引了一隻青蛙，他從附近的小溪跳過來，伸出他的舌頭輕彈著，以他們為餐，吃得飽飽的。這時他才看到牌子，轉向兔子說：「既然你不要笑話或問題，我猜想我就說成評論吧。為了穿過你的大門，我必須停下來，忍受你的無聊手續。那種屁事我可沒興趣，所以我要回到

我的小溪，**游泳**進入你的三流的、甲蟲寄生的森林。」

他轉身離開，而兔子，敏捷是他最大的特長，抄起了他的棍子。然後他把青蛙掛在大門上，在禁止踰越的牌子上加上禁止說髒話。

不久，一隻水獺來了，走向壓碎的青蛙。然後一隻獾被死水獺的氣味吸引而停了下來。當屍體在門邊越堆越高時，就開始傾斜。兔子用一根斷下來的樹枝把它撐著，然後轉而注意牌子。他寫著：「禁止厭惡的表情。禁止質疑本人之正直。禁止羞辱與評論有關本人之耳朵或牙齒。」他正在考慮怎麼拚寫「傲慢無理」時，一片影子蓋了下來，他抬頭看見一匹宏偉的白色獨角獸。他絲緞般的鬃毛捲在頸邊，有如金鳳花色的波浪。他的角也同樣明亮，好像金子做的，閃閃發光。當他走近時，兔子放下他的鉛筆。「說出你的名字和行業。」

「我是獨角獸。我來是要把喜悅帶給森林裡所有的生物。」獨角獸說。

「有那支角就不行。」兔子說。

「對不起？」

「我說，放棄武器。」

「我之為我，就是因為那個角！」

「可是它不受歡迎。照我的話做，不然滾開。」兔子說。

「可是我所到之處，都有幸福相隨！我輕拂尾巴，就能形成彩虹。」獨角獸抗議說。

兔子拿起他的棍子。

「如果你不讓我**穿過**大門，我跳過去就好了。」獨角獸說。他比兔子高，力氣也大得多，他就那樣做了。「抱歉，可是你沒有給我什麼選擇。」他說。

「走著瞧。」兔子喃喃自語，朝著染滿血液的土地吐了口水。

獨角獸在黃昏時間為森林所有的生物製造彩虹。他使野花開放，用魔法變出莓子給一隻飢餓的箱龜。當太陽從樹梢落下，他就在柔軟如床的苔蘚上躺下，深深地睡去。

第二天早上，黃鶯叫醒了他。獨角獸打個呵欠，正要站起來，他注意到一堆金色的碎屑散落在苔蘚上。於是他摸摸他的額頭，然後飛奔到堆滿腐敗屍骨的大門那裡。「誰啃掉了我的角？」他哀慟地哭著說。

兔子平靜地回答說，規定就是規定。「如果我讓你帶著武器在頭上到處亂跑，我就必須讓每個人都這樣做。」

「可是它有魔力！」

「我說，滾開。」兔子說。

獨角獸，現在只是一隻平凡的馬了，於是他逃到一片長滿高大野草的草地去了。兔子望著他離去，然後轉頭看著他的牌子。「什麼魔力，我可沒嚐到什麼特殊的味道。」他喃喃自語地說。他又吐了吐口水，只是這次，一顆鑽石跑了出來，落在他旁邊的地面上。當他瞪大眼睛看著這個的時候，狼群來了。

精明的母雞

　　那天下午很熱，雞跟她的姐姐在庭院裡走了幾圈以後，她們逛進了母雞舍裡避暑乘涼。要是那裡很擁擠的話，她們大概就不會說很多話，可是那裡空空的，所以她們兩個馬上聊了起來，她們年輕時就是這樣。姐姐說：「我不知道這算不算正常，可是有時候……只有我們兩個知道，好嗎？」

　　雞點點頭。

　　「有時候，當我跟公雞在一起，我會想，不知道情況會是怎麼樣，如果他，你知道，不是公雞。」

「妳是說，比如，如果他是一隻鴨子或一隻鵝？」這想法真荒謬，雞必須在嘴裡咬著舌，以保持正經的表情。「或者是一隻火雞，怎麼樣？」想到這裡，她的鎮靜失控了，不禁叫出聲來，直到眼淚都出來了。「對不起，對不起，妳繼續說。」她說。

「算了，沒什麼關係。」姐姐說。

「欸，別那樣。」雞罵她。「拜託啦。那麼如果他不是一隻公雞，他是什麼？」

姐姐深深吸了一口氣，慢慢說出來。「呃，比如，也許如果他是，例如，更像我？」

「像你一樣棕顏色的？」雞說，在隨後的靜默中，她抓到了姐姐想說什麼。「妳該不會是說……」

「只是一個想法啦。」姐姐說。

「只是一個想法？」

「在腦海裡閃過兩次的一件事。」

110

「兩次？」碰到驚嚇或不愉快的消息時，雞總是這樣做。例如，如果被告知有蝨子爆發，她就會望著報訊的人說：「蝨子爆發？」好像把敘述句改成問句就有可能把情況混淆而改變似的。

「我不應該說的。」她姐姐說。

「什麼都不該提嗎？」

她們在談話時，農夫太太走進來了。她是個胖胖的女人，可是動作敏捷，兩姐妹還沒來得及跑，她就抓住了她們的腳，把她們倒懸著，一手抓一隻。雞從來不曾從這個角度看過世界，還不確定喜不喜歡：大門口離地三呎高。樹木沒道理地從明亮的藍天垂掛。她的視覺變得模糊了，正當她以為自己快要昏過去時，農夫太太把手放開，雞一頭栽進稻草裡。同時她姐姐，俐落地一扭，脖子被扭斷了。

「至少發生得很快。」灰色小母雞說。雞同意不然情況可能更糟。

「妳很幸運，那女人選擇了妳的姐姐，而不是妳。」灰色小母雞又說。雞雖然同意了，可是她知道與運氣無關。她姐姐被殺了，因為她應該被殺——沒有其他的解釋。正派的生物活到他們再也受不了了，然後他們被接引到某種樂園，在那裡被戴上珠寶，被僕人服侍，奉上一盤盤的穀物。

相反地，欺詐、邪惡的生物，會受早夭之苦，並且被送到一個與之相反的樂園（也就是地獄），在那裡，**他們**是僕人，被戴上火燙的煤炭，而非珠寶。

她姐姐現在在那裡，全都因為她懷著不合自然的思想，在某些情況下，就跟不自然的行為一樣壞。「我很遺憾必須發生這事。但是至少我從其中學到了一些事情。」雞告訴灰色小母雞。

第二天清晨，公雞展開他的例行巡視。他是個不好相處的人物，是個你必須忍耐，而非有所期待的對象。雞現在了解，不接受他，或是不全心接納他，很快就會下地獄。

他走近了她的巢，正站定位子，她就已轉身迎接他了。「我要你知道，我真的愛你。」她輕聲說。

「厲害的女人。」他說。

「不，我是真心的。她們有些人，她們可能忍耐著你的什麼，但是我真的很珍惜我們在一起的時間，我不會要任何別人來替代你。」她說。

他告訴她，除非她願意講髒話，否則就閉嘴，而當她繼續說話時，他往前一扭頭，就把她的左眼啄出來了。

「那是意外事件。他興奮了起來。呃，你知道，這些事情難免發生。」她這樣告訴別人。可是，在內心，她極為震驚。如果公雞是啄缺了她的嘴，好吧，不用生氣，可是她的眼睛是她最美的部分，現在她只有一隻了。

「獨眼。」她的朋友們開始這樣叫她。像是，「嘿，獨眼，妳可能要小心那隻公雞。」唯一沒有嘲弄她的是一隻瘦巴巴的母

珠雞，雞以前看過她在附近，但是沒有真正談過話。「其實，我
不覺得看起來有那麼糟。我的意思是，這是妳之為**妳**的特色之
一，對不對？」

　　雞從來沒有以這種方式想過，母珠雞說得大概也有點道
理。雖然少了一隻眼睛絕不是什麼值得自豪的事，但也不是感
覺特別羞愧的理由。

　　「我們都有我們的小怪癖，有的明顯可見，有的是在內
心，沒人看得見。拿我來說，我是超級有同情心的，生來就那
樣，我想。如果我看見有人受苦，我就煩惱得不得了，不論是
誰。例如這隻蟲，被一隻蜈蚣咬了，我坐到半夜，安慰他，直到
他死了。」母珠雞說。

　　「可是他只是一隻蟲，妳為什麼沒吃掉他？」雞說。

　　「喔，我是吃素的。」母珠雞解釋說。「穀物對我就夠好
了，即便如此，我從來不吃超過一天的量。所有這些餓肚子的
鳴鳥，努力餵養他們的家庭，他們怎麼辦呢，吃東西超過我們
的需要看起來是不公平的。」

「可是鳴鳥是廢物。」雞說。母珠雞大笑起來說：「那麼，我猜想，我們都可以在生活中多運用一點廢物。」她轉身去欣賞一隻棲息在樹上低枝唱著歌的雲雀，雞很驚訝她那麼瘦，她的重量如何相符於一種內在的平安。「妳好，小雲雀，今天過得好嗎？」母珠雞說。

「關你啥事，關你啥事，關你啥事？」雲雀唱著，而當母珠雞給她平靜、祝福的微笑時，一隻鷹俯衝過來，用他強而有力的爪子把她抓走了。動作如流水般順暢，幾乎可說是優美。沒有拍打翅膀，只是輕鬆的滑行，回到空中，飛向遙遠的樹頂。

雲雀大聲狂笑，而雞利用這事件來省思和學習。鷹本來可以同樣容易地把她抓走的，可是他沒有。問題是為什麼？較沒靈性者可能採取一種實際的看法：母珠雞比較小，容易帶走。可是那並非答案，雞知道。

母珠雞被殺了，是因為她同理心太強，不熟悉保護自己。「每個人都不同」；「雲雀也有價值。」她本該多花時間吃飯，少花時間清談的，這就是她所學到的功課，雞打算遵行。從現在起，她要多吃一倍，並且加倍以獨眼為恥。此外，她要全心愛公

雞，並且刻意批評鳴鳥，他們全都是偷竊成癖的鄉下人。

◦ ◦ ◦

母珠雞死了一個月後，雞胖得大腿都磨損了。她的腳踝幾乎總是在痛，她的脖子被公雞啄得完全沒毛了，因為他受夠了她「多嘴爛扯」的態度。有東西進駐了她以前左眼所在的洞，但是她拒絕多想。她讓自己思想的少數念頭只有大事：主要是死亡，及事後所能學到的。

有一天晚上，一隻狐狸溜進了雞舍，抓走了灰色小母雞，即使當他咬破她的喉嚨時，她還尖叫著說，她太美麗了，不能死。**虛榮**，雞這樣想，她發誓不再打扮自己，或在水溝裡審視自己的倒影。當一隻溫良、友善的鵝被閃電擊中時，雞完全停止說話了，公雞倒很高興。

「憂鬱」，他們開始這樣叫她，她越來越離群獨處了。有一天早上，她獨自在雞舍裡，看見一條蛇滑向一個巢，吞下一個蛋，整個吞下去。

116

那不是她的蛋，可是她仍舊會想，不知道未孵出的小雞做了什麼事，應當受到這種極端的處罰。它還沒生存過，所以不可能有過不自然的思想，也不可能有過度的虛榮。它獨自住在蛋殼裡，它不大可能被指控太愛交際，或吃得不夠多。

蛋的罪，就她所能看見的，就是它是棕色、渾圓的。**跟我一樣**，雞這樣想著，就在那時，農夫太太來了，從後面抓住了她的喉嚨。

鸚鵡與大肚豬

當她被問到為什麼選擇了新聞記者的工作時，鸚鵡總是把頭往右邊歪半吋，停頓一下，然後重複這個問題：「我為什麼選擇了新聞記者工作？呃，簡單的回答是顯而易見的，我天生就能完美地記憶，但是我猜想，真正驅動我的是金錢。錢，跟免費的酒。」她在這後面還會追加一句「有關錢，我是開玩笑的」。

　　她工作的報紙叫做《老鷹報》，她寫節拍專欄，後來改名為生活時尚，現在則簡單標示為生活。她大部分的報導只是略勝於吹捧性的短文：訪問富裕的烏龜，因為他捐錢建造新的快速道路；支持義賣會，為貓科白血病的研究、髖關節發育障礙、金錢癬或心絲蟲，或是蚯蚓反誹謗聯盟。她想要一個機會來表現她的品質，當大肚豬接任當地美術館的主任時，她終於等到了她的好運。《老鷹報》要的是簡單的東西，頂多三百字。可是鸚鵡的想法不同，所以安排了冗長的午餐約會。

　　她的客人準時到達了，點餐後，他們進入正事。鸚鵡開始了：「所以，從胡志明市到眾所垂涎的著名美術館主任的位子，這是一段長路啊。請你回憶一下這段旅程。」

　　「抱歉，可是我從來沒去過胡志明市。」豬說。

　　「可是你是從那個地區來的吧，不是嗎？」

　　「不，完全不是。」豬告訴她。

　　鸚鵡用她肥厚的黑舌舔過她上嘴部粗糙的邊緣。「我不

是要反駁你,可是我做了一點跑腿的工作,好像你正式登記的健康保險雇主把你列在**越南**大肚豬。所以,我們把思路轉向東方,好嗎,來談談你的過去。」

「按法律上嚴格來說,我是越南大肚豬（編註:家豬的品種名）。」美術館主任說。「可是那只是無聊的形式。事實上,我是在這個國家出生的,我的父母也是,祖父母也是。」

「喔,我明白了。」鸚鵡說,同時在筆記本上潦草塗寫「自我憎恨」這四個字。「那麼,在我們的美術館方面,你的族群特點會怎麼反映出來?我們可以期待看到更多東方藝術嗎?也許是昂貴的什麼新明式風格藝術品?或是一些大型『皇帝御寶』非比尋常的作品?」

「什麼都還沒計畫。」豬說。

「但是不排除吧?」

「呃,不,不完全,可是——」

「我想知道的就是這些。」鸚鵡說。這時午餐送來了。

位子是她訂的，當時不知怎麼靈光忽然一閃，她決定了他們要去老西貢餐廳。文章裡不會提到事實上這是她的主意。她也不會說豬一輩子也沒用過一雙筷子，他用前蹄各抓一支筷子時，好像在用螺絲起子。用餐時，幾片檸檬葉遞給他，湄公河拼盤給她，他們談這談那，氣氛融洽。但她並沒有專心，她正忙著想一個大標題。「美術館呈現亞洲傾向」不錯，但是她必須下點功夫，才能通過她那個鄙視所謂「賣弄文字」的主編。

午餐結束後，豬快步走回美術館，而鸚鵡則前往榮民大樓，希望在那裡完成她的文章。在那裡她跟一隻有紅色肩膀的鷹說著話，他說他沒有真的在越南打過仗，但是戰事如果延長幾個禮拜，他就有可能了。「我有可能真的在那裡戰死呢，而現在**他們**當中的一個來到**我**的美術館，想要告訴我該看什麼藝術？」

「我懂你的意思。」鸚鵡說。

文章第二天早上就該交稿了，她一夜沒睡來完成稿子。她的主編看到頁數那麼多，臉就沈了下來，但是唸完第一遍臉色

就緩和了，他說：「妳幹得好！也許我們該把這個送到市府。」

最後的標題沒什麼特殊，就叫「大肚美術館主任引起爭議」。但是鸚鵡鬆了一大口氣，終於離開了生活版，即使報紙把它叫作「狗屎版」她也不在乎了。

至於豬，他根本沒有她猜想的那麼生氣。他只是打電話說他很失望，而非威脅要控告或要求更正。「深深地失望」是他確實的句子。鸚鵡拿起她的筆，希望有可以引用的句子以供第二篇文章之用。「你只有這些話要說嗎？」她問。他的回應是嘆口氣，然後溫和地掛上電話。

「喂？喂？」鸚鵡說。

豬不會承認的，真正讓他煩惱的是「大肚」這件事。他年輕時一直都是胖胖的，多年來被人取外號嘲笑不但形成了他的成年生活，而且還扭曲了他的生活，就像有些細胞被輻射搞瘋了。他不記得上次是什麼時候他吃飯而不用多想，就把傳來的開胃菜塞進嘴裡，吃完整包洋芋片或脆花生而不用計算卡洛里。當別人準備上床時，他卻在跑步機上。他們大口享用豐富早餐

時，他是在客廳裡從一個單槓上倒掛下來，從腰部對摺，直到眼冒金星。然後是傳統的仰臥起坐，對著走廊的鏡子檢查他的側面輪廓。準備上班前，才吃半片乾的黑麥薄餅。他的腰圍是二十八吋。他的體脂肪指數是百分之二。**他並沒有茶壺肚，以後以不會有。**可是現在這篇文章，實際上是拿他跟彌勒佛相比。

掛了記者的電話後，豬開始三天的禁食。午餐時間到了，當他的同事們都去美術館自助餐廳時，他則坐在桌前望著窗外討厭的鷹，拿著抗議牌子踱來踱去。這個退役軍人希望有人加入，可是他的夥伴們好像沒人在乎。「戰爭結束了，該往前走了。」他們有人說。「誰在乎什麼」，那個字又來了「誰在乎什麼**大肚子**的傢伙要掛畫在牆壁上呀？」

「老鷹報的那個鸚鵡真可惡！」豬感覺憤怒隱隱滋養，可是他知道對象是錯的。記者並沒有給動物他們的名字：那是別人的工作，是某個人坐在那裡制定的，像是**大嘴鱸魚、座頭鯨、少疣鼻馬蹄鐵蝙蝠**等等，他們不在乎誰的生活被毀了。

下次碰見鸚鵡時，豬已經少掉了接近十磅。他們在一個美術館愛心活動場合碰到了，這是他主持的一個化裝舞會，她到處盤旋，暢飲甘蔗酒飲料，收集她以前聽過一千次的話（「好棒的宴會，當然，有這麼好的目標」）。

她以為豬會化了裝，很意外地卻看到他穿著上次在餐廳採訪時同樣的黑西裝。他站在吧台，吸著一杯水，她從後面過來敲敲他的肩膀說：「讓我猜猜看，**你是亨利·培根**，是嗎？」

「他是誰？」豬問。

鸚鵡轉動她的眼睛。「美國建築師？設計了一個小東西叫做林肯紀念堂？」

「喔，那個亨利·培根。」豬說。他想要承認他不是哪個特殊人物，這時鸚鵡退後了一步，越過酒杯邊緣再度審視他。「我知道了。」她說。「你是路德·漢姆，得過四百公尺自由式銀牌，赫爾辛基，一九五二。那麼纖瘦，可是哇塞，他的肩膀真壯。」

「是啊。」豬說。「那你又是誰呢？」

鸚鵡聳聳肩，舉起杯子讓人加滿。「我想我要當個徹底的下流記者。」為了證明，她伸出被墨水染色的爪子，指甲都被咬到敏感處了。她又說：「所以，嘿，關於那篇文章，我很抱歉。自從我在地下電台工作後，就沒有那麼不負責任了。廣播媒體從來不是我的長才，可是你知道有時候的情況。你會被釘住。」

「那沒關係。」豬告訴她。

「對你沒關係。」鸚鵡說。「是**我**被一個該死的鷹纏上，每

十分鐘打一次電話給我。現在他要去追逐中東人。聽說在市中心經營停車場的波斯貓想找我寫一篇『爆料』。」

豬幾個月來第一次大笑，然後低頭看見鸚鵡的翅膀按在他肚子上。「是我的想像還是你變瘦了？」

「沒有。我是說，有啦，我是變瘦了。不是妳的想像。」他說。

他想到她多麼好心提起這件事，然後他注意到被一隻翅膀拍拍是多麼奇怪地舒服。

同時，鸚鵡還在說話。「別誤會我。我交過一隻美冠鸚鵡，可是現在我沒跟誰約會，如果那是你想知道的事。」她說。她抓住一盤開胃菜，把魚子醬倒回盤子裡，只吃餅乾。「陳腔濫調，我知道，可是魚卵讓我水腫。」

「是鹽分。」豬告訴她。他原本希望說些更有趣的話，但是這時樂隊開始了。

　　一隻穿羊皮的狼大叫要狐步舞，然後，好像開關啟動了，整場舞會活了起來。這裡有隻野兔穿著貓的睡衣跟一隻變色龍在跳舞，他每次旋轉就會改變服裝。醜小鴨插進來搶了天鵝的舞伴。三隻小老鼠把他們的太陽眼鏡壓低，當他們穿過地板找伴時，鸚鵡轉向豬，伸出她的爪子。他笨拙地用他的蹄子接受，開始了後來這記者稱之為豬和神經衰弱的那一段日子。

貓你好，
咪好

這是貓所聽過的最愚蠢的一件事，在監獄裡辦戒酒互助會，好像你能在這裡找到什麼正派東西。但是如果能讓他把刑期減少，好吧，他要報名。遵循十二步驟，隨便要幹什麼都行，只要能早點出去。一旦自由了，他就要闖進最靠近的一家賣酒的商店，補足所有沒喝的時間，但是從現在到那個時候之間，他會跟這些可悲的傢伙坐在一起，靠一點刮鬍後的古龍水勉強度日。他唯一不願做的事就是在聚會時發言。

聚會總是絕對無聊。廢話，廢話，廢話，可是偶爾，會有人講一個像樣的故事。例如這隻水貂，他曾經拿著他自己的毛皮來換一瓶卡魯娃（Kahlúa）咖啡酒。

貓不知道沒有毛皮也能生存，但是顯然是可能的。不好看，那可是絕對肯定的，卻行得通，這隻貂就是活生生的證明。還好他有幽默感，帶著一點活力來說他的故事，還配上音效和不同角色的聲音。當他講到他太太把他誤認為一條牛舌時，貓笑得從椅子上摔下來了。

「謝謝，你們是很棒的聽眾，現在不要忘記給服務生小費。」貂在講故事結尾時說。

會後，酒癮者集合吃點心，配上燒焦的咖啡。貓正要去拿第二杯咖啡時，他無意間聽到一隻老鼠低聲對在監獄當牧師的牛蛙說話。「他也許蠻有趣，但是我不相信那隻貂有半點的機會。在這裡，可以，但是出去到真實的世界，他可是個定時炸彈。」

貓不知道老鼠是為了什麼被關進來的，可是他願意打賭，一定是些無聊的事，逃稅或者郵件欺詐。好事情砸到他頭上他

也根本不會懂的，而他現在在這裡，揶揄那無毛的貂：「拒絕嚴肅地做復健」，「典型的戒而不止癮的酒鬼樣本。」

饒了他吧，貓想著。**這個可憐的混蛋已經永遠無毛了。他太太離開了他，他的贓車分解店被沒收了，如果他又開始喝酒，誰在乎啊？勝過浪費時間跟你這種傢伙在一起。**

貓什麼話都沒說，可是他有在想，他的表情一定透露了某些端倪。

「你有意見嗎？」老鼠問。

而貓說：「正是，事實上，我有意見。」

牧師感覺到有麻煩了，就走到他們中間，伸出他有蹼的雙手說：「好了，先生們，降降火。」

「我受不了某些囓齒動物，那些傢伙認為除非你跟他們一樣愛現，否則你就會落得在垃圾堆上。」貓接著說。

「是這樣嗎?那麼,我受不了自己還管不好、卻愛管別人閒事的貓。」老鼠說。

他是一個怒氣沖沖的小東西,你必須承認。你看看他,還不夠一只酒杯的高度,可是已全力備戰,而且還是跟一隻貓。「不要以為我會忘記。」牧師把他拉開時,他這樣說。

而貓說:「哎喲,我好怕喲。」

✦ ✦ ✦

晚餐時間來到時,貓跟貂一起在監獄的自助餐廳吃漢堡、薯條。老鼠在餐廳的另外一邊,坐在素食桌那裡,兔子跟箱龜的中間。每隔幾秒鐘,他便會從他的餐盤抬起眼睛,往貓的方向怒視。

貂說:「我不知道你們之間有什麼事,可是你最好找到某種友善的方法來解決。我告訴你,老兄,你**不會想要**那隻老鼠當你的敵人。」

貓說:「他會做什麼?從我的漢堡裡把乳酪偷走嗎?」

「我不知道他**會做什麼**，可是我知道他**做過**什麼。」貂一邊說，一邊把他的嫩肉、還有滲出液體的頭從桌子對面靠過來。「他們說是縱火。把一些電線咬爛，讓警察局大樓失火了。四隻德國牧羊犬死在火場，還有兩隻燒得連他們自己的母親都無法認出。所以，我不知道你會怎麼叫它，可是在我的字典裡，老兄，那是冷酷。」

貓從一灘番茄醬裡拉出一跟薯條。「你說燒死狗？」

貂點點頭。「燒死的狗，其中一隻只差兩個禮拜就退休了。他們還為他辦了一個宴會什麼的。」

「你讓我好傷心呀。」貓說。

*　*　*

下一次的戒酒會跟平常一樣。沒有一個像樣的故事。

有人說，他想喝酒想得要死了，然後另外一個人說了同樣的話。當那句話一再重複時，有一個成員告訴大家他為什麼想要喝一杯。「還有人要分享嗎？」牧師問。「有我們沒聽過的新

135

人嗎？」

　　貓閉上眼睛。他通常神遊而且睡著，等到靜心祈禱時才又醒過來，但是今天他保持清醒，等著老鼠尖聲說出一些蠢話，像「放輕鬆，慢慢來」或是「假裝成功，直到你真的做到。」他不能停下來兩分鐘不說箴言。他會說：「兄弟們，情況艱難時，我只需提醒自己，放手讓上帝來處理。」

　　然後每個人會做出好像他們不是已經聽過五千次的樣子。好像這句話不是印在防跳蚤項圈上，天哪。

　　可是今天，老鼠跳過了這些口號，談到了他最近遇到的一件考驗他決心的事。「我不要說名字，可是這是我自己和這種我所謂愛管閒事的人之間的事，就是那種喜歡悄悄爬來爬去，偷聽別人與他無關談話的人。他就是透過那樣得到快感，知道嗎？」

◎◎◎

　　貓說：「為什麼，我應該──」牧師指向一個牌子寫著：不得打岔。在所有的規定裡面，這是最爛的，因為這表示你不能

直接回應，即使某人明顯地正在糟蹋你。

「你看，我這輩子從來不認識這個人。」老鼠繼續說。「當然，我在附近看過他，但是除了他的醜陋，沒有理由多注意。

很明顯地，他不會比我現在坐的椅子更聰明，可是那也止不住他的多嘴，事實上，正好相反。他刺激了我的每一根神經，我正要把他的臉打爛時，我想起了我的步驟四，就讓它過去了。」

全場一片恭喜之聲，老鼠也表示感謝。「我不敢說我下次也會這麼寬容，但是我猜想，船到橋頭自然直。」

然後一隻山羊舉手，回憶他在姪兒的成年禮時喝醉了。一隻天竺鼠說了一些關於沒有安全感的廢話，一隻水蛭想要知道《戒酒無名會手冊》有沒有做成有聲書。他一說完，貓就舉起爪子在空中說：「嘿，各位，我有一個小故事要說。」

「那不是我們在這裡進行的方法。」牧師說。「你發言以前，必須先介紹自己。」

「好。我是一隻貓，我有一個小故事要說。」貓說。

牧師說：「你知道我的意思。拜託，你死不了的。」

貓瞪著桌子那一邊的老鼠，看到前一晚在自助餐廳時他注意到的表情：不自然的假笑、蔑視他的挑釁，那種認為自己已經勝利的人的表情。

貓說：「好，我是一隻貓……呃，你們全都去見鬼吧。」

老鼠把他的小手放在他的心上，好像在說：「你讓我好難過。」而貓用他的爪子重拍在桌上。「好，我是一隻貓。我是一隻貓，而我是一個……我是一個該死的酒鬼。現在滿意了嗎？」

於是大家說：「你好，貓咪。」然後等著，他們的眼睛禮貌地往下看，等他們的酒鬼夥伴，現在是正式的一員，努力恢復他的鎮靜。

○ ○ ○

　　「……所以，我就是那樣遇見我的第一位保證人的。」從監獄出來多年以後，在潮溼教堂地下室低矮的活動中心的聚會，貓後來會說「那個小混蛋救了我的一生，你搞得過他嗎？一個謀殺犯、縱火者，我沒有一天不想起他的。」

　　那可能不是世界上最好聽的故事，就像老鼠跟他說過不止一次的話，但也不是世界上最糟的。

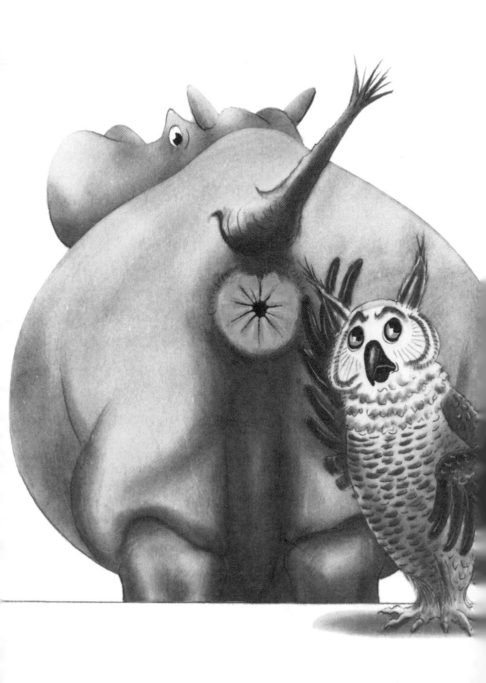

悲傷的貓頭鷹

　　某天晚上我飛過一棟房子，裡頭燈都關了，加上一樓的窗戶沒有簾子，我就停下來瞧瞧裡面。我有時這樣做，只是想看看人們怎麼裝潢。這個特定的地方是用石頭做的，不舊，只是做成像是老式的，還有一盞複製的馬車燈在前院，其中一片屋頂看起來是石板，其實是回收的橡膠。從外面看起來，像是馬車輪咖啡桌，可是他們卻有相當不錯的傢具，至少客廳如此。有很多上了漆的松木，看起來是英國式的。

從那裡，我細看所謂的書房。那是一個人們去讓自己覺得自在的地方，至少某種程度。你平常會在書房裡看到很多船隻，可是在這一間，主題是貓頭鷹。不是真的貓頭鷹，真的話我恐怕會受不了，而是像貓頭鷹的東西，有平面的，有立體的：倉鴞壁爐鐵架，蠟燭立於白色倉鴞燭台座上。壁爐架上方是一張相當粗陋的畫，雪白的貓頭鷹盤旋於一隻斜視的雪貂上方。書桌上，有一個小雕像是大角鴞。把它的眼鏡拿掉，頭上的學位帽轉向一邊，那就是我了。或者也許我太自負了。那不只是我。那是我母親、我弟弟、我姐姐和表親。基本上，就是我設法逃離的每一個人。

我的家人，他們不只是愚蠢。愚蠢的話，我還可以原諒。主要是他們積極地**反對**知識，就像貓反對游泳，或是烏龜採取反對爬山的立場。他們談的就只有食物、食物、食物，也可能有趣，可是通常蠻無聊的。

當然也有例外。我有一次跟一隻海鷗談話，真讓人著迷，她在炸薯條方面相當有權威。我一直以為薯條都是一樣的，但是顯然不是。聽她講起來，口味會因為所使用的油的種類而有所變化。

我說：「什麼**種類**？」誰知道油的種類還不只一種！然後還有質感的問題，有的酥脆，有的溼軟。馬鈴薯的種類也會改變口感，還有它的保存期和保存的環境。

我們談話以後，我就去做我的餐廳強迫症行為。每天晚上我會選一家新的餐廳，從窗戶看進他們的廚房。除了爐子之類的東西外，我通常會看見的是一大堆老鼠。這讓我不斷地回到餐廳去，而導致了一場偶然相遇，前天晚上，在一家牛排店的停車場。在那裡我碰到一隻老鼠往後門走，我說：「別急，朋友。」

貓頭鷹從小就學會的事情之一，就是**絕不跟獵物打交道**。

所以這隻老鼠，好像在背台詞似的，說：「我剛吞了有毒的東西，吃了我，你就跟我一樣非死不可了。」

聽到這種謊言真教人丟臉，因為想到他們認為你笨得會相信這種話。

「喔，拜託。」我說。

老鼠改用第二計畫。「我有孩子，嬰兒們，他們等著我去餵

他們食物。」

　　我對這傢伙說：「聽著，在世界的歷史上，沒有一隻餵自己孩子香煙屁股的公老鼠不設法說漂亮話的。事實上，」我接著說：「據我所知，你的孩子被你吃掉的機會還大於被你餵養的機會呢。」

　　「蠻對的。」老鼠承認。

　　「我跟你做個交易。你教我一件新的事情，我就放你走。」我說。

　　「這是一個笑話，對不對？」老鼠說。

　　「不，我是說真的。」我告訴他。「你告訴我一件新的事情，如果我覺得有趣，我就放過你。」這就是我怎麼得知書房和英國傢具、屋頂和植物油以及仿製馬車燈的。

　　「好吧。」老鼠說。他停頓一下，想一想。「你知不知道這個餐廳所有的蝦子都是冷凍的？」

　　「我不知道，這個故事不夠好。」我告訴他。「牛排店裡

進行的事都不會讓我驚訝，尤其是連鎖店。你需要想得遠一點。」

「好的。」他說。然後他告訴我他試圖跟他媽媽交配的時候的事。

「那種事怎麼會幫助我成為見多識廣者？你不知道什麼**重要的**事情嗎？」我問。

然後他告訴我有某種水蛭，只能住在河馬的肛門裡。

「去你的。」我說。

「不，我說真話。」他發誓。「我有一個伯父，住在動物園裡，他親耳聽見河馬她自己說的。」

有的事情太不可思議了，應該就是真的，這是其中之一。「好吧。放你自由。」我說。於是把我的腳從他背上鬆開。

老鼠脫身後穿過停車場，他剛到了餐廳後門，我討厭的弟弟馬上俯衝而下，把他帶走了。看起來好像他一直尾隨我，就像一個多禮拜以前，我被我姐姐跟蹤，她吃了我質問過的小貓，

小貓教了我一般紗線和安哥拉山羊毛的區別,山羊毛據說柔軟得多。

「現在是誰聰明啊?」我弟弟飛過牛排店時發出輕蔑的叫聲。我本來可以追過去,可是老鼠已經死了,讓我弟弟用尖爪一抓起他,就死定了。這已經變成我家庭某些成員的遊戲。他們不去獵取自己的獵物,而是跟在我的後面,看我跟誰談過,他們就吃掉誰。「這樣省時間啊。」在上禮拜的小貓事件後,我姐姐這樣解釋。

我想像,她在省了幾個小時後,坐在一根樹枝上眨眼,頭腦空空如也。

我弟弟把老鼠抓走後,我飛到停車場遠端的一根電線桿上。一條水蛭住在河馬的肛門裡。真是封閉的社會呀!你的一生跟家人只有一線之隔,那樣的日子到底是怎麼樣呢?

◉◉◉

我的下一站是市立動物園。

我聽說有的動物園讓動物住在實地的風景中，有野地、叢林那樣的。我發現我們的動物園比較老式，以參觀者為考量，而非被參觀者。美洲豹的籠子大約是十八輪貨車的大小。獅子的住處稍好一點，可是兩隻住在一起。

我不知道野生河馬需要多少領土範圍，可是在動物園裡，她的窩比較小，還不到一個排球場的大小。有一個水池讓她浸泡，而四周的地是水泥的。她前面有一個牌子寫著：「蘿意絲」，可是她解釋說，那只是她當奴隸的名字。「我不用名字，現在不用，從來不用。這不是河馬的習慣。」她告訴我。

她的溫暖、親切讓我很意外。你會對小羊有這樣的期待，可是河馬，我聽說，是有名的壞脾氣。

「喔，我也有暴躁的時候。」她說。然後她開始談到她的牙齒。她的牙齒看起來好像椿子隨意釘在牙齦上，其中一個好像有問題了，可是她並沒有抱怨，一點也沒有。「住在動物園裡也不算壞啦。」她告訴我。「的確，我的空間不大，可是至少全都是我的。去年有一陣子，他們帶了一頭公的進來，從某個野生動物中心用貨車運來的，希望我們交配生個寶寶，可是懷孕的

事沒有發生，我無所謂啦。不是我不要小孩，只是我現在不要。你了解我的意思嗎？」

「當然。」

「那麼，你過得怎麼樣呢？」

我告訴她，大角鴞相守一輩子，在鳥類世界是少見的。我的配偶在我們第一批蛋孵化以前過世了，但是我不久前學到了，最好把這事藏在心裡。「情緒殺手」是海鷗對它婉轉的稱謂。這是真的。所以我沒有對河馬提起，免得她覺得尷尬。

我們初次相遇的晚上還談了什麼？我記得她問我，動物園周遭的風景是怎樣的。她以為都是樹木和彎曲的小徑，賣氣球和棉花糖的小木屋，都是像她從住處欄杆看到的東西。河馬不知道汽車零件店和辦公室用品大賣場，還有餐廳、汽車旅館和複合式公寓，附設水下有燈的游泳池。

這個世界看起來是怎麼樣的？「呃，說來話長呢。」我告訴她。

「我就是希望這樣。」她說。

❧❧❧

　　那晚回家的時候，我抓起了一隻兔子。是比較小的一隻，我剛開始吃，我媽就出現了。「我等你先吃完。」她用那種特殊的口吻，意思是：**連一條腿都不請老媽吃，算什麼兒子啊**？我嘆了口氣，扯下一隻耳朵給她。

　　「你不用客氣。」她說。然後，滿口食物，她談起我的一個表妹，她還未婚，即將到達交配的年紀。我媽不管我的反對，決意要給我找個新配偶。「有人在談論。」她一直說。談論什麼？誰在談？

　　我的先妻死了才三天整，我媽就安排我跟她一個鄰居的女兒相親。我們在黎明時見面，在一棵大橡樹上，俯視一片牧場。在我們下面的草地上，一隻白色小牛嘴裡含著她媽媽的奶頭，我的約會對象大叫：「同志！」

　　「我想，你要說的字是『女同志』。」我說。「雖然即使那樣說也沒道理。她們做的不是性行為，那叫哺乳。這是哺乳動物餵養孩子的方式。」

她說：「是啊，搞同性戀的哺乳動物。」

當我把這事告訴我媽時，她只是看著我拿著的血淋淋的兔子說：「另外一隻耳朵呢？」然後她發誓說，這位我表妹，是新女性不會如此的。「我告訴她了，你明天晚上跟她見面，就在天主聖徒基督耶穌主的十字架上面。」這是她對天主教堂的稱呼，其實我跟她講過一千遍了，是叫做聖提摩太堂。現在也沒什麼關係啦。第二天晚上十一點，我回到動物園，跟河馬談話。

那天晚上，我們以談論鴿子和麻雀開始，他們白天來這裡，在她水池的四周便便。「真噁心。」她說。「如果有一件我受不了的事，就是該死的生——」她哽住了。

「你受不了**生日**？」

「是它的忙亂。」她說。「我是說，誰需要啊？」

我告訴她：「聽著，別擔心妳會傷到我。我也不怎麼喜歡鳥類，除了一、兩個例外。」然後我告訴她我碰到的海鷗，教我有關薯條的那隻。「不久，我又碰到一隻老鼠，如果我說錯了就告訴我，他說，有某種水蛭，只活在妳的，呃，直腸。」

「我不知道那是不是他們**唯**一能活的地方，可是我知道我曾經有水蛭在後面整整九個月。他們真是小混蛋。我想我是從那個他們由野生動物中心送來的下流羅密歐那裡得來的。」

「會痛嗎？」

她說：「不太痛。主要是原則問題，如果你懂我的意思。想到他們能住在我裡面，免房租，好像這是他們的地方。」她盡力往後面看。「而且，他們很吵。」

「妳**聽得見**他們談話？」

「不是一清二楚。是一種不斷的低語。當我在水下的時候，甚至更清楚。」她說。

「妳覺得他們在談什麼？」我問。

「喔，一般的屁事。」河馬說。「我不是說關於我的屁眼的事，而是那種低級笨蛋有興趣的事，也許是昆蟲，或紙牌。」

「紙牌？」

　　她點了點巨大的頭。「清洗我住處的工人們喜歡在休息時玩牌。他們有時坐在點心小屋的板凳上，我就注意看。」

　　在遠處，美洲豹在咆哮。然後我聽到警察的警報器的聲音。

　　「妳要的話，我也許可以聽他們在說什麼。」我說。

　　「我不想把他們看得那麼重要。」河馬說。

　　「是啊。」我說。我設法掩飾我的失望。**妳怎麼能不想知道妳的寄生蟲在談什麼？**我覺得不明白。

　　她接著說：「如果他們說的事情很冷酷，怎麼辦？有他們在那裡已經夠糟了，可是如果他們還在我後面嘲笑我，那真是太受不了了。」

　　「他們也許想要感謝妳，也同樣有可能。我是說，就因為他們是水蛭，不表示他們不感恩。」我說。

　　「那不就差不多正是這個意思嗎？」她問。

　　我正同意了她的看法時，她的好奇心卻勝過了她，她願意

接受我的好意。「可是，如果他們說的話很糟糕，我就不要知道細節。」

在她住處的前面有一小塊水泥平台，在她建議之下，她倒退時我就站在上面。這讓她的屁股跟我的頭一樣高，我就歪著頭，盡量靠近她的肛門。「把尾巴抬起來。」我說。

河馬照做了，我就聽見起初好像群眾的嘈雜聲，喊來喊去。然後我明白了，他們不是在說話。

當我解釋這情況時，河馬說：「讓我弄清楚。水蛭在我的屁眼裡唱歌？」

「就我所知，是的。」我告訴她。

「在裡面那麼好玩，他們不禁**唱起歌**來？」

「可能這是他們溝通的方式。」我建議。「也許這是他們悲傷或生氣時所做的。」可是聽起來不太像輓歌。比較像德國飲酒歌。

「我要他們出去，我要他們**馬上**出去。」河馬說。她的聲音

大得連平台都震動了。

「注意，顯然我們現在沒有什麼辦法，所以我們兩個都暫緩一下，看看明天晚上情況怎麼樣。」我告訴她。

● ● ●

那天晚上回家的路上，我低飛越過一條鄉間公路，抓到一個東西，原來是一隻沙鼠。相貌奇怪的傢伙，長得瘦瘦長長的，尾巴像刷子，腰圍有一條紅布。我本來計畫快快吃一點就回家睡覺，但是這個可能很有趣的東西，殺了他太可惜了。

「撐著，朋友。」我說。在短暫、無用的掙扎後，我發現她是隻逃脫的寵物。某一家的獨生女把她囚禁在睡房裡，正要設法給她穿上娃娃的小比基尼泳裝時，沙鼠咬了女孩的手就逃走了。

「我躲在冰箱底下幾個小時了。」她告訴我。「可是那裡太明顯，所以我移動到熱水器後面的一根銅管裡，已經沒有接管的那個舊的，他們丟在放舊鞋雜物的房間，那些笨人。」

有這麼多新的資訊：一個雜物間！一件比基尼！一個熱水

器!「管子有多大?」我問。

沙鼠告訴我,管子比她還細。「對於像我這種住在地道的,沒有問題。」她說。「老實說,我喜歡緊身的。」她看了一眼比基尼上衣,又說:「在合理的範圍內。」

正當我了解到沙鼠可能的價值時,我聽到翅膀拍打聲,轉身看見我姐姐站在我後面。不久,我弟弟也停下來了。「我們抓到什麼啊?」他問。

「看起來像一隻尾巴亂糟糟的老鼠。」我姐姐說。「或是一隻小松鼠,也許,被雨淋溼了。」

「其實,我是一隻沙鼠。」沙鼠說。我沒想到她會加入談話,但是聽到她的聲音,這麼的驕傲和無禮,讓我覺得饒過她是對的。「如果你從來沒遇見過一隻跟我一樣的,是因為我不是住這一區的。我是──」她說了最了不起的事──「入侵者。」

我弟弟往我姐姐挪近了一步問她說,有沒有另外一個字來表達「妝扮」的意思。

「一定有。是啊。」她回答。

　　沙鼠對著他們兩個看過來、看過去。然後她轉向我。「哇，這兩個好笨喔。」她說。「不會比倉鼠更笨啦，我給他們這項評語，但是你聽到貓頭鷹就自動想到『有頭腦』。」

　　「那是錯誤的迷思。」我告訴她。然後，在我那目瞪口呆的姐弟面前，我把沙鼠抓在右爪裡飛走了。我猜想我的家人大概會來找我們，所以我飛過了我家，飛往少年感化院附近的廢棄農場的雞舍。

　　我在那裡幫助沙鼠脫掉比基尼上衣，看著她在一堆乾草裡蹲下，累壞了。她可以很容易逃走的，但是我希望她別動，其實是比希望更強烈的感覺。我本來想對這結果說些什麼的，可是我大概忘了。

❊ ❊ ❊

　　不久之後我醒來了，自從我的配偶過世後，我的日子就是這樣。我累了，甚至累翻了，可似乎頂多睡不到幾個小時。醒來的時間真怪異，好比是中午。真像有鬼欸，真的。還有幾次，我厭煩了只是站在那裡，希望能再睡著，我就起來飛來飛去。

用餐的選擇非常有趣，像是供玩賞的小狗、或是小鴨子，我甚至看過一隻伊瓜那大蜥蜴，在一個保麗龍的冷藏箱上面做日光浴。然而擁擠的交通和噪音也挺煩人的。

我從來不喜歡我在白天看過的世界。然後我開始討厭我在晚上看見的，不禁會想，那還剩下些什麼呢？改變事情的，是學習，雖然很慢。好像我以前是活在一個洞裡，現在我把它填滿了知識，關於馬鈴薯，關於熱水器，什麼都行。可是，這些水蛭。

在我記憶中是第一次，我睡不著，不是因為焦慮，而是因為興奮。住在一個潮溼、擁擠的屁眼裡唱歌，如果這些傢伙不懂生活之道，那麼還有誰會懂呢？

日落後，沙鼠就醒了，忙著抓蟋蟀。之後，我帶她去一個餵鳥的飼料箱，她在那裡吃了幾十顆向日葵種子。然後她擦擦嘴巴說：「好，貓頭鷹，有什麼計畫？」

不久之後，我們到了動物園，我把她介紹給河馬。他們倆

一見如故，幾分鐘內，沙鼠就完全知道肛門寄生蟲的事了。「太有趣了！妳說他們唱歌？」她說。

「我要把他們趕出去。」河馬又說一次，沙鼠毫不遲疑就表示願意進去趕他們。「有什麼不行？我去過更緊的地方呢！別生氣，如果我不能說服他們離開，至少我能知道他們的故事。」她說。

「妳願意為我那樣做嗎？」河馬問。

沙鼠說，她剛在籠子裡度過了十八個月。「當我終於逃了出來，我告訴我自己，從此以後，我要做一些改變：嘗試新的食物，看奇特的地方，享受一點生活！」

我無法相信她是多麼看得開。我會需要一點時間來做心理準備，可是她不用。她唯一的建議就是把她的身體抹點油。「讓我好活動一點。」

「真的嗎？妳的毛怎麼辦？」河馬說。

沙鼠大笑說：「這一身老東西？」

在動物園入口附近有一座旋轉木馬。齒輪上塗滿了重機油，沙鼠用身體摩擦後，我把她送回獸欄，在水泥平台上站定位。河馬在我引導下後退，雖然花了不少功夫調動，我們終於把她的屁股對準了沙鼠。她正要爬進去的時候，我感覺到被人監視，抬頭看見四對眼睛，正圓形，從點心小屋旁邊的樹上閃閃發光。我媽在那裡，還有我弟弟、姐姐，跟他們在一起的是，我願意猜猜看，是我昨晚放鴿子的表妹。然後一位年長的伯父到了。然後是伯母。

我以前認為，有偉大的大角鴞和不太偉大的大角鴞。我把我先妻和我自己放在第一類，從那個優勢的高度，我們看不起我的家族。現在他們看不起我：一個哥哥、一個表哥、一個侄兒、一個什麼都懂的半吊子，站在塗滿黑油的沙鼠旁邊，在一隻河馬裂開的後門。即使不算唱歌的水蛭，也很驚人：新朋友三人組，這麼的不可思議，這麼的荒腔走板。

另翼文學 BA6311

松鼠遇見花栗鼠

原著書名——Squirrel Seeks Chipmunk: A Modest Bestiary
文——大衛‧塞德里 (David Sedaris)，圖——伊恩‧福克納 (Ian Falconer)
譯者——鄭嘉斌
企劃選書——何宜珍、周怡君
特約編輯——周怡君

版權部——葉立芳、翁靜如
行銷業務——林彥伶、張倚禎
總編輯——何宜珍
總經理——彭之琬
發行人——何飛鵬
法律顧問——台英國際商務法律事務所　羅明通律師
出版——商周出版
臺北市中山區民生東路二段141號9樓
電話：(02) 2500-7008　傳真：(02) 2500-7759
E-mail：bwp.service@cite.com.tw
發行——英屬蓋曼群島商家庭傳媒股份有限公司城邦分公司
臺北市中山區民生東路二段141號2樓
讀者服務專線：0800-020-299　24小時傳真服務：(02)2517-0999
讀者服務信箱E-mail：cs@cite.com.tw
劃撥帳號——19833503　戶名：英屬蓋曼群島商家庭傳媒股份有限公司城邦分公司
訂購服務——書虫股份有限公司客服專線：(02)2500-7718；2500-7719
服務時間——週一至週五上午09:30-12:00；下午13:30-17:00
24小時傳真專線：(02)2500-1990；2500-1991
劃撥帳號：19863813　戶名：書虫股份有限公司
E-mail：service@readingclub.com.tw
香港發行所——城邦(香港)出版集團有限公司
香港灣仔駱克道193號東超商業中心1樓
電話：(852) 2508 6231傳真：(852) 2578 9337
馬新發行所——城邦(馬新)出版集團
Cité (M) Sdn. Bhd. (458372U) 11, Jalan 30D/146, Desa Tasik, Sungai Besi,
57000 Kuala Lumpur, Malaysia.
電話：603-90563833　傳真：603-90562833
行政院新聞局北市業字第913號

封面設計——copy
內頁版型設計及完稿——copy
印刷——卡樂彩色製版印刷有限公司
總經銷——高見文化行銷股份有限公司
電話：(02)2668-9005　傳真：(02)2668-9790

2012年（民101）10月初版　　Printed in Taiwan　　定價260元
著作權所有，翻印必究
商周部落格：http://bwp25007008.pixnet.net/blog　　臺北市中山區民生東路二段141號9樓
ISBN 978-986-272-258-9

國家圖書館出版品預行編目

松鼠遇見花栗鼠：文／大衛‧塞德里（David Sedaris），
圖／伊恩福克納（Ian Falconer）；鄭嘉 譯.
初版.臺北市：商周出版：家庭傳媒城邦分公司發行，2012〔民101.10〕；
14.8*21公分.譯自：Squirrel Seeks Chipmunk: A Modest Bestiary

ISBN（平裝）978-986-272-258-9　CIP 874.57